Herstellung: Books on Demand GmbH
ISBN 3-89811-886-X

Ein mystischer Roman von Angelika Bull

S. E. E. L. E

Glaube was hier geschrieben
steht oder glaube es nicht.
Die Wahrheit kann niemand beweisen,
du findest sie nur in dir selbst.

Die einzig wahre, reine Liebe nährt sich selbst,
sie hört zu lieben niemals auf.

Heinz Stolley

Du bist unsterblich!
Darum glaube nicht, daß du dich so einfach
davonschleichen kannst.
Du bist eine Seele auf der Suche nach Wahrheit.
Du kennst dein Ziel-
du hast es nur vergessen.
Du kennst den Weg-
du mußt ihn nur noch gehen.

S wie SONNE
Die Sonne ist Wärme und Licht. Du sollst Wärme geben, wo Kälte in den Herzen herrscht und du sollst Licht spenden, wo Verzweiflung ist...

E wie ELEMENTE
Die Elemente sind Feuer, Wasser, Erde, Luft. Du sollst lernen sie zu verstehen. Sie sind weil sie sind und es ist gut so....

E wie ERDE
Auf der Erde vereinen sich alle Prinzipien, alle Elemente zu sichtbarer und fühlbarer Macht. Leben und Sterben ohne Ende. Hier soll dein Übungsplatz sein .

L wie LIEBE
Nur göttliche Liebe zählt. Sie zu erlernen wird deine schwierigste Aufgabe sein...

E wie ERLEUCHTUNG
Wenn du alles gelernt, alles erlebt und dein Karma erfüllt hast, wirst du frei sein. Ein freies Geistwesen in einer freien Welt.

Es ist alles ganz anders

Er dachte an seine Liebe. Liebe ist nicht nur ein Wort, sondern es ist ein Gefühl.

Und seine Liebe war nicht so, wie sie sein sollte. Er war gerade erst gekommen und seine Liebe war noch so gegenwärtig, seine Erinnerung quälte ihn. Erinnerungen an gute und an schlechte Zeiten, sie kamen und gingen, ob man es wollte oder nicht. Plötzlich waren sie da und überfielen einen und obwohl man schöne Dinge denken wollte, kam Furchtbares heraus. Und die Wahrheit war furchtbar, er wollte sie sich nicht eingestehen, er wollte sie nicht sehen.

Er hatte die Schuld bei seiner Frau gesucht, denn er glaubte sie zu lieben und war sich keiner Schuld bewußt. Dann war da plötzlich das Gefühl ein Leben lang versagt zu haben und jetzt wo er allein war, offenbarte sich ihm die reine Wahrheit.

Er hatte niemals geliebt, alles war ein fataler Irrtum seiner Gefühle und das, was er für Liebe gehalten hatte, war reine Begierde, nur ein körperliches Bedürfnis. Und jetzt, wo er körperlos war, blieb nichts zurück. Nur sein Tod und auch der war anders, als er erwartet hatte, ganz anders...

Er mußte ihr verzeihen, denn sie hatte keine Schuld, aber konnte er sich selbst jemals verzeihen?

Sein Leben war ausgerichtet gewesen auf materielle Dinge, nur diese waren für ihn wichtig gewesen. Ernste Gefühle, die den Tod überdauerten, waren ihm fremd geblieben. Was hatte er getan?

Lange saß er da, seine Seele war betroffen von dieser Erkenntnis. Warum hatte er sein Leben so vergeudet?

Er hatte nie wirklich geliebt und er erkannte, daß seine Fähigkeit zu lieben noch nicht reif war vor *seinen* Augen.

Und doch war *Gott* nahe in dieser Nacht und *er* war bereit ihn zu lieben, wie er hätte lieben sollen.

Unser Wanderer durch die Welten fühlte diese Liebe und er wußte plötzlich, daß die Liebe das Einzige im Leben war, was wirklich zählte. Eine Liebe, die von Herzen kam, ohne wenn und aber, denn die Liebe war unsterblich.

Und ihm wurde klar, daß alles, was geschehen war, geschehen mußte. Er allein mußte zu lieben lernen, er allein beging die Irrtümer seines Lebens und nur er allein konnte sich verzeihen.

Dinge verändern sich langsam, auch das Denken und Mitfühlen entwickelt sich nur langsam, aber jeder wird es lernen, denn das Leben wird gestaltet, um es zu lernen.
Er hatte die Chance alles besser zu machen, irgendwann...

Irgendwann...

Und es wurde Nacht in diesem Land.
Er saß lange dort, bis er erkannt hatte, was er vorher nicht sah. Wie lange? Er wußte es nicht, für ihn war es ein Tag, für andere eine Ewigkeit. Ein alter Mann trat an ihn heran und fragte ihn:
„Was hast du gelernt... gestern?"
„Liebe muß gelernt werden, es ist ein langer Weg."
„Gut", erklärte der alte Mann, „ da du nun einmal hier bist, kannst du auch hier lernen. Wir wollen sehen, ob du in der Lage bist, anderen Menschen eine Botschaft zu überbringen. Du wirst erwartet von Menschen, die nicht wissen, was Licht ist."
„Sind es Blinde?"
„In gewisser Weise ja. Aber es ist nicht das, was du unter blind verstehst. Die Blinden, die du meinst, haben bereits

in ihrem Leben eine schwere Bürde auf sich geladen. Aber auch das hat seinen Sinn, wenn du es auch jetzt nicht zu verstehen vermagst, es hat alles seine guten und seine schlechten Seiten.

Wer blind ist, kann so viele schöne Dinge nicht sehen, Farben und Formen, Himmel und Wälder, alles was dir selbstverständlich erscheint. Den Blinden entgeht sehr viel, aber es kann manchmal auch eine Gnade sein. Ein Blinder sieht nicht die schmerzverzerrten Gesichter gequälter und sterbender Menschen und Tiere. Bilder, die ein Sehender niemals wieder aus seinem Herzen verbannen kann, die ihn verfolgen bis ans Ende seiner Tage, die ihn sogar in den Selbstmord treiben können, weil er diese Bilder nicht mehr erträgt. Für manche Menschen ist es eine Seelenqual sehen zu können, das kannst du mir glauben, mein Freund. Für diejenigen, die blind sind ist es bitter, aber es dauert nur ein kurzes Leben lang.

Ich aber meine andere Menschen. Menschen, die durch das Leben gehen, ohne zu sehen, obwohl sie es könnten. Und dieser Zustand dauert oft unendlich lang. Diese Menschen sind blind vor Haß, blind vor Eigennutz. Zu diesen sollst du gehen. Sie leben im absoluten Dunkeln, sie sehen sich selbst im tiefsten Schwarz, so wie sie denken, leben sie. *Gott* hat viele Gedanken gesehen und viele Gedanken gefallen ihm nicht, denn sie stehen nicht im Einklang mit dem Universum und dem ganzen Sein. Je schneller jeder die Wahrheit erkennt, um so weniger muß er leiden."

„Was soll ich bei den Menschen, die im Dunkeln leben", fragte der Zuhörer den alten Mann. „Sie sehen mich wahrscheinlich nicht und ich sehe sie auch nicht, warum also soll ich dorthin gehen?"

Der Alte antwortete: „Du sollst ihnen erklären, was Licht ist, weil du es kennst und sie nicht. Sie fühlen, daß jemand da ist und sie hören deine Worte. Worte, die von Licht reden. Worte, die sie nicht verstehen. Wie willst du jemandem Licht erklären, der es vielleicht nie gesehen hat oder für den es so unwichtig war, daß er sich jetzt nicht mehr daran erinnern kann. Wie willst du Menschen zum Licht führen, wie willst du ihnen zeigen wie hell Licht ist und was es vermag? Deine Aufgabe ist sehr schwer, aber du kannst es schaffen. Niemand bekommt Aufgaben, die er nicht lösen kann, es ist eine Frage des Willens. Wenn du es nicht schaffst, werden wir uns eine lange Zeit nicht wiedersehen. Versuche es! Ich werde jetzt gehen."

Unser Wanderer war wieder allein. Sein Blick erfaßte zum erstenmal seine Umgebung, sie war hell und freundlich, es war keine dunkle Wolke am Himmel. Wie war er hierher gekommen? Er konnte sich nicht erinnern, es schien so unwichtig...
Und warum sollte er diesen friedlichen Ort verlassen? In eine ungewisse Zukunft...
´ Was gehen mich die Menschen an, die nicht wissen was Licht ist ´, dachte er, ´ und warum soll ausgerechnet ich ihnen das erklären? ´

Seine Gedanken schweiften ab, sie gelangten zu den Menschen der Finsternis. Unmerklich näherte er sich ihnen, denn seine Gedanken hingen an diesen Nichtlichtwesen. Er hatte sich gerade dafür entschieden nicht zu gehen, als er auch schon dort war...

Dunkelheit.. absolute Dunkelheit. Nichts war zu hören, Finsternis und Stille waren eins. Er hatte keine Angst, denn das Gefühl in der Dunkelheit verloren zu sein, war ihm fremd. Bisher!
Da er wußte, daß es einen Weg hinaus gab, einen Weg ins Licht, machte ihn dieses Wissen stark. Aber er fühlte

8

auch, daß er diese Stärke brauchen würde, um jemals wieder diesen Ort verlassen zu können. Wie furchtbar mußte es den Menschen gehen, die nicht wußten, was Licht war, die nicht wußten, daß es einen Weg gab. Sie konnten sich an gar nichts halten, nicht einmal an den Glauben, sie waren verloren in der Dunkelheit.

´ Jemand muß ihnen sagen, was Licht ist ´, dachte er, ´ sie müssen hören, daß es noch etwas anderes gibt, als dieses hier. ´

Aber beweisen konnte er ihnen die Existenz des Lichts nicht. Er konnte nur versuchen, so überzeugend zu sein, daß sie ihm glauben würden oder daß in ihnen der Wunsch geweckt wurde, das Licht zu finden.

Gott war nicht in ihrer Nähe. *Er* hatte nicht den Wunsch zu ihnen zu gehen, denn diese Menschen hatten auch nicht den Wunsch zu *ihm* zu kommen, aber vergessen hatte *er* sie nicht und so schickte *er* von Zeit zu Zeit Menschen vorbei, als Chance für die Wesen der Nacht, als Prüfung für die anderen.

Unser Wanderer wußte dieses nicht, aber er fühlte, daß es Menschen geben mußte, die den Willen hatten, diese Dunkelheit zu verlassen. Menschen, die noch an etwas anderes glauben konnten, als an Schatten und Verdammnis. Selbst wenn es nur ein einziger war, ihm zuliebe wollte er es versuchen und ein wenig von seinem Glauben und seinem wenigen Wissen vermitteln. Der kleine Bruder des Wissens ist der Glaube, damit fängt alles an und er war losgezogen diesen Glauben zu lehren, um ihn selbst wiederzufinden und um ihn zu erleben.

9

Schattenreich

Er wußte nicht, wie er sich verständlich machen sollte. Niemanden konnte er sehen, aber er fühlte menschliche Wesen in seiner Nähe. Die Finsternis lag vor ihm wie eine Wand ohne Fenster, nichts ging hindurch, alles schien an der Wand abzuprallen und zu ihm zurückzukommen. Er wußte, daß Gefühle keine Wände und keine Hindernissse kannten, aber er wußte auch nicht, wie es weitergehen sollte. Eine Weile passierte nichts. Bis plötzlich eine Stimme zu ihm sprach:

„Was willst du hier? Du gehörst nicht hierher. Du bist keiner von uns."

„Woher willst du das wissen?" fragte unser Besucher in die Dunkelheit. Er war sich nicht ganz sicher, wer so zu ihm sprach, ob jung, ob alt...es war nicht auszumachen. Leise kam die Antwort aus der Nacht.

„Du hast gedacht, was du hier sollst. Ich sage dir, was du hier sollst. Viele vor dir waren hier, du hast gesehen, was ich niemals sah. Du kannst mir helfen es zu erreichen. Du kannst mir zeigen, wie es in deiner Welt ist und wie ich dorthin gelange. Du kennst doch den Weg, nimm mich mit! Ich will wissen, was dieses Licht ist, von dem ihr dauernd redet. Bitte hilf mir das Licht zu finden, nichts quält mich mehr als zu ahnen, daß es noch etwas anderes gibt, was nicht so qualvoll ist. Ich leide in diesem Leben, es ist die Hölle. Zeige mir den Weg, den du gekommen bist."

Seine Stimme klang mal flehend, mal verzweifelt, aber auch zischend und eine gewisse Bösartigkeit blieb nicht verborgen. Vielleicht war dieses Wesen schon sehr lange hier, vielleicht wurde man hier so wie er oder war er hier, weil er so war?

„Und höre Fremder, nicht jeder will, daß du da bist. Nicht jeder freut sich über dein Kommen. Sieh dich vor! Ich muß den Weg finden, ich leide unsagbar, bitte hilf mir!" Ganz plötzlich schlug diese verzweifelte Stimme um in Haß, die Worte klangen wie Peitschenhiebe und zerfetzten die Stille:

„Ich hasse das Leben hier! Und dich hasse ich auch, weil du dort leben kannst und ich nicht. Warum nicht ich? Warum tut man mir das hier an? Warum ich? Keiner liebt mich. Es kann keinen *Gott* geben und wenn es *ihn* gibt, dann hasse ich *ihn* für das Leid, das *er* mir zufügt! Wenn du mich nicht mitnimmst, wirst auch du nicht wieder gehen können. Ich werde es verhindern, denn wenn ich nicht in das Licht kann, dann darfst du es auch nicht!"

Voller Haß schleuderte er seine Worte in den Raum. Mal leise, drohend und zischend. Mal laut, böse und wutentbrannt. Diese Wut erfaßte unseren Besucher, umnebelte seinen Geist und auch seine Worte wurden heftiger, als er beabsichtigt hatte.

„Wie dumm du doch bist! Dummheit und Haß haben dich blind gemacht. Deswegen bist du hier. Du lebst in der Finsternis, weil dein Herz finster ist und deine Seele voller Mitleid mit dir selbst. Warum du? Ja, warum denn ein anderer? Jemand, der dir nichts getan hat, so wie ich. Was habe ich dir getan, daß du mir dieses hier wünschst? Nur weil du etwas nicht bekommst, gönnst du es auch keinem anderen. So wirst du niemals hier wegkommen. Wenn du wirklich das Licht sehen willst, dann mußt du es zu dir hereinlassen. Wie kann etwas zu dir kommen, wenn du es ablehnst? Du lehnst den Herrscher des Lichts ab, wie soll dich das Licht dann finden?"

Das Wesen zischte unseren Besucher an: „Hast du *ihn* je gesehen? Betrügt *er* dich nicht genauso wie mich um das Licht, da du ja offensichtlich auch in die Dunkelheit verbannt wurdest. Wie kannst du noch an *ihn* glauben, jetzt wo du hier bist? Allein, hilflos dem Schatten ausgeliefert."

„ Ich kann mich nicht erinnern *ihn* je gesehen zu haben, aber irgendwie weiß ich, daß es *ihn* gibt, ich fühle es mit jeder Faser meines Seins. Ich wäre nicht hier, wenn es nicht so wäre. Du willst Hilfe, aber die helfende Hand beißt du. Es gibt eine schönere Welt, als diese hier. Ich war dort! Und dort ist Licht, Sonne und Wärme."

Die Gefühle unseres Besuchers waren in Aufruhr geraten, Wut stieg in ihm auf. Er war nicht mehr in der Lage weiterzusprechen, er hatte nicht mehr die Kraft dazu. Das zerstörerische Dunkel wirkte auf seine Seele und begann von ihm Besitz zu ergreifen. Er hatte von *Gott* gesprochen, zwar war er gläubig, aber noch nie hatte er über *ihn* nachgedacht, noch nie *sein* Vorhandensein so verteidigt. Eine Zentnerlast lag auf ihm, er wollte nur noch weg von diesem Ort ... der Dunkelheit entfliehen – fort, fort, fort - .

Aber seine Beine bewegten sich nicht, er war nicht in der Lage sich auch nur einen Millimeter fortzubewegen. Die Finsternis begann ihn zu erdrücken und plötzlich fühlte er wie eine große Macht ihn prüfte, ob alles, was er gesagt hatte auch seine wirkliche Überzeugung war. Er fühlte wie *seine* Augen ins Innerste seiner Seele blickten, nichts blieb verborgen, er konnte sich nicht verstellen. Nur was er selbst glaubte, konnte er auch weitergeben. Sollte er auf diese Weise erkennen, wie unsicher er selbst in seinem Glauben war. Hatte *er* ihn in die Dunkelheit gehen lassen, damit er daran zerbrach? Panik begann ihn zu erfassen, Beklommenheit überfiel ihn. Für einen kurzen Augenblick war er verloren für den Rest der Welt, blind

und dumm wie alle anderen. Was hatte der Fremde aus der Dunkelheit gesagt? ´ Sieh dich vor! ´
Die Mächte der Finsternis griffen nach seiner Seele – Angst - Furcht - Mutlosigkeit - Verzweiflung -
Alles um ihn herum begann sich zu drehen. Was wäre, wenn er für immer hier bleiben müßte? Niemals!
„ Oh *Gott*, hilf mir!"
Ein Schrei der Verzweiflung durchdrang die Nacht. Die eiserne Klammer, die seine Seele umschloß, öffnete sich widerwillig. Langsam zog die Kälte aus seinem Körper. *Er* hatte seinen Hilferuf gehört und nahm ihm die Angst, die dunkle Macht um ihn herum verlor ihre Kraft. Der Weg ins Licht war frei!
Ja, es war seine Überzeugung, er hatte sich selbst sagen hören, man müsse das Licht zu sich hereinlassen.

Wie lange er dort im Schweigen verharrte, vermochte er nicht zu sagen. Sein Wunsch sehen zu können wurde stärker und stärker. Langsam wurde er wieder ruhiger und in seinen Gedanken formte sich eine goldene Sonne, Wärme durchflutete ihn, die Dunkelheit war plötzlich nicht mehr so undurchdringlich wie zuvor. Es waren Konturen zu erkennen, das Wesen, mit dem er gesprochen hatte, war noch da und starrte vor sich hin. Unser Besucher konnte in dieser Schattenwelt plötzlich Unterschiede ausmachen und es war ihm, als käme das nötige Licht aus seinem Innern. Er war also stark genug dieser Dunkelheit zu widerstehen und er glaubte fest daran, daß er seinen Weg weitergehen würde. Diese Erkenntnis war für ihn etwas so wertvolles, daß ihn ein großes Glücksgefühl überkam. Seine Stimme war leise und voller Güte als er zu dem Schattenwesen sagte:
„Du bist verbittert. Du hast keine andere Wahl als hierzubleiben, solange es für richtig gehalten wird. Warum erkennst du nicht, daß das Licht so nahe ist? Ich

sage dir, daß du sehen wirst, wenn du gelernt hast zu glauben. Glaube daran, daß Licht zu dir kommen wird und es wird kommen. Es ist so einfach. Nur der Glaube läßt dich erkennen, was wirklich ist. Du bist hier und ich bin hier, weil es für uns beide der richtige Weg ist zu ´erkennen´.

Hasse *ihn* nicht dafür, denn es ist dein eigenes Verschulden. Ich weiß jetzt, daß Leid ein Weg der Prüfung ist. Manche finden durch Leid zu *ihm*, andere wenden sich aus diesem Grund von *ihm* ab. Wer weiß, was für jeden einzelnen der richtige Weg ist? Aber nur wer Leid kennt, kann Glück erkennen. Ich werde jetzt gehen, denn ich sehe meinen Weg und ich hoffe, daß auch du den Weg eines Tages sehen kannst. Ändere deine innere Einstellung und es wird funktionieren, denn nur du allein kannst den Weg finden und erst wenn du ihn innen gefunden hast, ist er sichtbar für dich. Aber es kann noch so hell sein, du wirst nie sehen, wenn du innerlich im Dunkeln lebst. Wer Seelenqualen leidet, der sieht sich und sein Leben im tiefsten Schwarz, egal wie hell es ist, aber wer glücklich ist, sieht alles im rosigen Licht, egal wie dunkel es auch sein mag. Bitte glaube mir, du kannst dein Leben nur verändern, indem du deine Gedanken änderst. Wenn du sie auf das Licht ausrichtest, dann gehst du dem Licht entgegen, es liegt an dir allein! Ich glaube fest daran, daß wir alle die Chance haben alles zu ändern."

Ein kleiner, fast golden schimmernder Pfad wurde sichtbar, unser Besucher betrat ihn und im selben Moment schien es, als ob Güte und Liebe um ihn waren. Dieses war sein Weg, er spürte es. Er wußte nicht, wohin er führte oder was ihn noch alles erwartete, aber er wußte, daß es für ihn der richtige Weg war. Er atmete tief durch, alle Kraft, von der er schon glaubte, sie hätte ihn an dem dunklen Ort für immer verlassen, durchströmte ihn und gab ihm seine Energie zurück, er durfte gehen, in eine, so hoffte er bessere Welt.

Die Brücke ins Nichts

Er ging ganz langsam, seine Gedanken nahmen ihn gefangen. Erschöpft und überrascht von den Dingen, die er gesagt hatte, setzte er einen Fuß vor den anderen. Dinge, die tief in ihm schlummerten, die er aber nie in Worte fassen konnte, waren einfach so über seine Lippen gekommen, als sei es das Selbstverständlichste von der Welt. Ein Urwissen, das tief im Verborgenem liegt, solange es Menschen gibt. Mußte man erst in eine verzweifelte Lage kommen, um das alles zu erkennen?

Er konnte nicht weiter darüber nachdenken, Erholung war das Einzige was er jetzt brauchte. Schlafen mußte er, schlafen... bis er wieder Kraft genug hatte, um sich dem Neuen zu stellen.

Auf einem Hügel angekommen, fiel er in tiefen Schlaf. Dunkelheit hüllte ihn ein, aber keine Angst umgab ihn, die dunkle Nacht war nun ein schützender Mantel. Einige Stunden später, vielleicht waren es Wochen, erwachte er, jegliches Zeitgefühl hatte er verloren. Der Hügel erstrahlte in hellem Licht, die Dunkelheit lag hinter ihm, am Fuße des kleinen Berges. Nichts hätte ihn bewegen können, noch einmal umzukehren, es war auch kein Weg in der Dunkelheit auszumachen, der Pfad ging nur noch geradeaus weiter, nicht zurück. Der Pfad war schmal und voller Licht, es schien am Ende eine Lichtquelle zu geben, zu dieser mußte er gelangen.

Je weiter er ging, desto mehr konnte er von seiner Umgebung erkennen, von den Dingen, die neben dem Weg lagen. Alles schien heller zu sein, als in dem Schattenreich, das er verlassen hatte. Menschen liefen rechts und links neben ihm, aber keiner beachtete ihn, es war, als würde er gar nicht existieren. Er war ein Niemand in diesem Land. Und dennoch war er um vieles reicher, als jeder andere hier, er wußte es nicht, aber nur er konnte den Weg des Lichts sehen, für alle anderen gab es ihn nicht.

Das Leben war anders hier, nicht so furchterregend und kalt. In gewisser Weise war es schön, wenn man es nicht anders kannte. Er bekam Sehnsucht nach Sonne und nach Menschen, die er von früher kannte, denn er fühlte sich plötzlich einsam und verloren.

Eine Brücke lag vor ihm, ein Fluß über die sie führte und am anderen Ufer ging der Weg weiter, in eine hellere und schönere Welt. Er glaubte Bäume und Blumen zu sehen; Dinge, die es hier, diesseits der Brücke, offensichtlich nicht gab. Gerade wollte er die Brücke überqueren, als er auf zwei Menschen aufmerksam wurde, die auf dem Rasen ganz in der Nähe saßen. Sie unterhielten sich und keiner der beiden hatte ihn bemerkt, denn er ging auf dem Weg der Wahrheit, nicht sichtbar für jedermann. Er war sich nicht sicher, ob er sie ansprechen sollte oder ob es besser war weiterzugehen.

´ Warum höre ich nicht eine Weile zu ? ´ fragte er sich und blieb stehen.

„Ich weiß überhaupt nicht, was du willst. Das Gerede von einem schöneren Land in einer schöneren Welt. Diese Welt ist doch schön genug! Erinnerst du dich nicht mehr an die furchtbare Kälte, aus der wir kamen? Dunkel wie die Nacht und keine Hoffnung auf Wärme. Sieh dich um, alles ist schöner als dort. Was willst du mehr?" Fast trotzig sah er sie an.

„Ich habe von einem Land geträumt, wo alles schöner ist als hier. Einfach heller, freundlicher. Keine graue Welt, sondern bunt und heller Tag, es waren doch auch Menschen hier, die uns so etwas erzählt haben. Es soll dort Blumen geben, bunt und fröhlich, nicht alles grau wie hier!"

Unser Wanderer sah sich um. Das Mädchen hatte recht. Alles sah aus wie in einem Schwarzweißfilm an einem trüben Novembertag, geradeso, als machte die Natur sich für den Winter bereit. Keine Blumen, alles kahl und niedrige Vegetation. Nicht furchterregend, auch nicht kalt, aber eben auch nicht besonders großartig, selbst die Kleidung der Menschen war grau und einfach, sie paßte genau zu dem Umfeld. In der Ferne sah er ein paar Hütten, farblos wie der Rest dieser Welt.

Das Mädchen sprach weiter: „Ich möchte das alles einfach mal sehen. Dann soll es dort Pflanzen geben, die höher sind als du und ich, und so dick, daß man sie nicht umfassen kann, man nennt sie ... ach, ich habe es vergessen."
„Bäume! Man nennt sie Bäume." Der bisher unsichtbare Zuhörer hatte seinen Weg verlassen und ging auf die beiden Menschen zu.
„Wer bist du? Wo kommst du so plötzlich her?" fragte ihn erschreckt der junge Mann.
„Ich habe sie gesehen, diese Bäume", antwortete der Gefragte, ohne auf die Frage selbst einzugehen, „sie sind riesengroß und wunderschön."
Das Mädchen unterbrach ihn flüsternd: „Psst! Nicht so laut, es muß ja nicht gleich jeder wissen, daß du so etwas kennst. Deinesgleichen sind hier nicht gern gesehen, ihr stiftet Unruhe, so sagt man."
„Warum? Sehe ich aus wie ein Unruhestifter? Was habe ich getan?" fragte er das Mädchen.
„Solange man denkt, dieses sei das Paradies, weil man es nicht besser weiß, ist jeder zufrieden. Kommt aber einer daher, so wie du und erzählt, er kenne mehr als dieses

hier, so werden hier alle unzufrieden... sofern man dir überhaupt glaubt."

„Unzufriedenheit kann doch etwas gutes sein, es führt zu Veränderungen."

Das Mädchen lachte gequält und sprach: „Hier will aber niemand eine Veränderung! Schon gar nicht die Herrscher dieses Landes. Sie wollen ein Volk, das genau das tut, was man ihm sagt, nicht mehr und nicht weniger. Uns wird eingeredet, es gäbe nichts besseres als dieses Land und solange wir das glauben, sind wir zufrieden und verharren hier ohne zu meutern. Kommt einer daher und bringt den Verstand des Volkes durcheinander, wird er zu einer Gefahr. Denn das Volk wird unzufrieden und der Herrscher verliert seine Macht über diese Menschen. Ich weiß das alles, aber mir glaubt keiner und niemand hier will mit mir fortgehen. Schon viele vor dir waren hier und verschwanden wieder. Uns wird erzählt, ihr würdet alle in die Hölle gehen. Ich glaube das zwar nicht, ihr wißt bestimmt nur einen Weg in ein schöneres Land... aber man weiß ja nie, vielleicht kommt ihr doch aus der Hölle?"

„Sei endlich still!" Ihr Freund fuhr sie mit barscher Stimme an. „Du redest dich noch um Kopf und Kragen!"

„Pah! Du schlotterst ja vor Angst, du bist ein Feigling. Laß mir wenigstens meine Träume!"

„Es sind keine Träume", unser Wanderer zeigte auf die Brücke, „ihr braucht nur über die Brücke zu gehen, dann habt ihr alles, was ihr euch wünscht."

Der junge Mann sprang auf. „Ich weiß, daß er lügt! Glaube ihm kein Wort. Hier gibt es keine Brücke, weit und breit nicht. Vor uns ist nur Land und hinter uns nur Wasser. Ein Schritt zu weit und du fällst in die Hölle."

„Die Brücke ist ganz nah, ihr könnt mir glauben und braucht mir nur zu folgen. Ich halte euch bei der Hand und führe euch hinüber. Vertraut mir!"

Der Freund des Mädchens ging einen Schritt zurück: "Warum sollten wir einem völlig Fremden vertrauen? Wir trauen Niemandem! Noch nicht einmal denen, die wir kennen. Jeder könnte ein Verräter sein."

Das Mädchen hatte sich nicht dazu geäußert, jetzt stand sie auf und streckte dem Fremden ihre Hand entgegen.

„Ich fühle, daß dieses nicht der Weg in die Hölle ist. Ich will keine Angst mehr haben müssen. Angst ist die größte Waffe eines jeden Herrschers, seine Macht über mich ist zu Ende, ich werde dir folgen."

Erstaunt darüber, daß seine Worte soviel Eindruck gemacht hatten, nahm er ihre Hand. Sie glaubte ihm, obwohl sie ihn offensichtlich nie zuvor gesehen hatte, setzte sie ihr ganzes Vertrauen in ihn. Er war beeindruckt davon, doch zugleich fragte er sich, warum keiner von ihnen die Brücke gesehen hatte. Und durfte er dieses Mädchen einfach mitnehmen, wo er doch selbst nicht wußte wohin der Weg führte? Er verstand so viele Dinge nicht. Alles, was er in letzter Zeit erlebt hatte, war so neu und zeigte ihm Welten, von denen er nicht gewußt hatte, daß es sie gab. Er kannte auch keinen Menschen, der diese Welten je gesehen hatte, konnte man es jemals verstehen?

Das Mädchen sah ihn an. Traurige, warme und zugleich mutige Augen, für den Bruchteil einer Sekunde glaubte er sich zu erinnern... Niemals würde er dieses Mädchen enttäuschen können.

„Komm wir gehen", sagte er. Hand in Hand ging er mit ihr auf den Weg, der sie weiterführen würde, in eine ungewisse Zukunft. Der Weg leuchtete hell wie die Sonne, er paßte sowenig in die Landschaft wie ein Fisch aufs Land. Und er bedeutete den Weg in eine andere Welt.

„Siehst du, da hinten ist die Brücke, sie ist klein und doch voller Licht."

„Sei mir nicht böse, Fremder, aber ich sehe keine Brücke. Vielleicht hast du dich geirrt?"

„Willst du lieber umkehren und dort weiterleben? Oder hast du genug Vertrauen um mir zu folgen? Sie blieb stehen und überlegte, was sie wohl am besten tun sollte. Was nur war richtig für sie? Von Vertrauen reden und Vertrauen haben, waren zwei völlig verschiedene Dinge. Wie lange hatte sie sich gewünscht, von jemandem an die Hand genommen zu werden und in ein schöneres Land zu kommen. Sie wußte nicht mehr wie oft sie schon davon geträumt hatte. Nun war es eingetreten... und sie hatte nichts weiter als Angst! Sollte sie ihre vielleicht einzige Chance nicht ergreifen?

„Was auch geschieht, ich werde dir folgen. Ich will nicht mehr zurück!"

Beide betraten die Brücke. Sonne und Licht, Blumen und Bäume, Seen und wunderschöne Farben! Als ob sich ein Vorhang öffnete, alles war plötzlich anders. Überglücklich lief sie über die Brücke und sprang wie ein junger Hund in einem Meer von Blumen umher. Er folgte ihr, seine Seele machte Freudensprünge, als er sah, wie glücklich dieses Mädchen war, auch er glaubte am Ziel seiner Träume zu sein und wünschte sich, die Zeit möge für immer stehenbleiben.

„Oh, es ist wunderschön! Übrigens heiße ich Mary und wie heißt du?"

„David."

Ihm wurde schlagartig bewußt, daß er lange Zeit gar nicht an seinen Namen gedacht hatte, als wenn er gar keinen Namen hätte. Es schien ihm so unwichtig, aber offensichtlich hatte er ihn nicht vergessen.

„David, ich danke dir, daß du mir diesen Weg gezeigt hast. Es ist einfach phantastisch! Ich werde zu meinem Freund zurücklaufen und ihn holen! Er muß einfach mitkommen, mir wird er glauben und vertrauen!"

Sie drehte sich um und blickte erstaunt um sich. Die Brücke war verschwunden, es gab keinen Weg zurück, vor ihnen lag eine mit Blumen übersäte Wiese.

Warten auf Morgen

Sie ließen sich auf der Wiese nieder, dort wo vorher die Brücke war. Lange schwiegen sie und dachten über das Geschehene nach. Wohin sie auch sahen, das Schwarz-Weiße-Land war nicht mehr vorhanden.

„Kommst du aus diesem Land?" fragte Mary .

„Ich weiß nicht. Bevor ich meine Reise antrat, saß ich an einem See. Ich bin irgendwie auf einem anderen Weg in die dunklen Länder gekommen, ohne vorher die Gelegenheit gehabt zu haben, mich umzusehen."

„Bleibst du hier?"

„Es ist schön hier. Vielleicht sollte ich bleiben, außerdem sehe ich keinen Weg, den ich gehen könnte, es war sonst immer ein Weg da, dem ich folgte. Aber er ist verschwunden."

Er sah sich um und was er sah, gefiel ihm. Es irritierte ihn, daß er seinen Weg verloren hatte, denn irgendwie schien es ihm, als ob er weitergehen sollte. Aber es trieb ihn innerlich nichts davon, er war müde und wollte sich ausruhen. Warum also nicht an diesem schönen Ort? Einige Zeit wenigstens, bis er wußte, was er eigentlich wollte. Erst einmal abwarten, bis morgen...

Die Sonne stand hoch am Himmel, es war ein strahlender Tag und alles um ihn herum duftete nach Blumen. Noch einmal dachte er an alles, was ihm in den letzten Tagen widerfahren war. Morgen... morgen würde er sich entscheiden, was zu tun war. Dann schlief er ein, erst nach einem langen erholsamen Schlaf erwachte er und sah in den Himmel. Noch immer stand die Sonne hoch am Himmel und nichts schien sich verändert zu haben. Mary saß ein Stückchen weiter unter zwei riesigen Bäumen und starrte hinauf in die Baumkronen. Hübsch sah sie aus, in ihrem zartgelben Gewand, für einen Augenblick war David, als hätte sie vorher ein graues getragen, aber er mußte sich wohl irren. Er wünschte sich für immer bei ihr bleiben zu können und mit ihr zusammenzuleben. David ging zu ihr und setzte sich.

„Wie lange habe ich denn geschlafen? Es muß ja schon wieder ein neuer Tag sein, so hoch wie die Sonne steht."

„Ein neuer Tag? Ich habe nichts davon bemerkt und ich war die ganze Zeit wach. Hinter dem Hügel dort ist ein Dorf mit Menschen, wollen wir uns das näher ansehen?"

David stimmte zu und nach kurzer Zeit erreichten sie das kleine Dorf, es lag friedlich in einem winzigen Tal, umgeben von vielen Hügeln und Seen. Die Häuser waren zierlich, jedes mit einem Vorgarten geschmückt und bunte Blumen, wohin man auch sah.

Die Idylle konnte aber nicht darüber hinwegtäuschen, daß hier irgend etwas nicht stimmte. Auf den ersten Blick konnte David nicht sagen, was es war. Erst nach einer Weile wußte er es und schüttelte den Kopf. Überall fehlte etwas, manches war nach halbgetaner Arbeit einfach liegengelassen worden. Bei einigen Fenstern fehlte Farbe, ein paar Türen waren schief. Nichts Bedrohliches, aber es zwang einem das Gefühl auf, alles sei nicht richtig fertig geworden. Selbst einige Blumen hatten vergessen sich zu öffnen, alles schlummerte vor sich hin an diesem Ort. Auch Davids Kleidung hatte sich verändert, ein Ärmel fehlte, überhaupt saß die gesamte Kleidung vollkommen schief.

„Dieses Haus ist leer, es hat drei Zimmer und wenn du willst, können wir sofort einziehen", schlug Mary vor. Mary hatte sich also, während er schlief, schon genau umgesehen. Ein hübsches Häuschen hatte sie da entdeckt, es hatte auf einer Seite ein kleines, rundes Türmchen. Wenn das Haus nicht so winzig gewesen wäre, hätte man es für ein verwunschenes Schloß halten können. Sie betraten den Vorgarten, der viele Blumen beherbergte, die David nicht kannte. Überwiegend waren sie in Blautönen gehalten, passend zum Haus, das mit seinem zarten Blau in die Blumen hineingebaut worden zu sein schien.

´ Es sieht selbst aus wie ein große Blüte ´, dachte er bei sich.

Ein Namensschild hing an der Tür: Mary und David.

„Mary, hast du dieses Schildchen angebracht?"

„Nein, es war schon hier, als ich das erste Mal kam. Ich habe mich auch gewundert, aber ist es nicht egal? Komm, ich zeige dir das Haus."

Es war hell und freundlich und wie alle anderen auch, unvollständig. Ein Stuhl hatte nur drei Beine, zwei Fenster ließen sich nicht schließen, der hintere Teil des Gartens war verwildert. Viele Kleinigkeiten, die nicht in Ordnung waren.

„Morgen werden wir anfangen es herzurichten", meinte Mary, sie war müde geworden, suchte sich eines der Zimmer aus und erklärte, das sei nun ihres. Sie wolle etwas schlafen und würde später mit David das Dorf erkunden. Also ging David allein, denn er war frisch ausgeruht und sehr neugierig.

Er fühlte sich wohl und alle Menschen, die er traf, waren freundlich und machten einen überaus glücklichen und zufriedenen Eindruck. Er kam zu einem Bauernhaus am Ende des Ortes, eine Bauersfrau und ein Mann saßen vor der Haustür und sahen auf große Felder, die sich bis in die Unendlichkeit erstreckten.

„Wem gehören diese Felder?" fragte David.

„Uns."

„Das macht doch sicherlich viel Arbeit? Diese großen Felder, ich dachte da hätte man den ganzen Tag zu tun?"

Die Bauersleute sahen sich an, als ob David etwas Ungeheuerliches gesagt hätte.

„Morgen werden wir uns an die Arbeit machen." Da die beiden das Gespräch offensichtlich nicht weiterführen wollten, ging David weiter.

´ Ein merkwürdiges Paar ´, dachte er bei sich.

´ Ein merkwürdiger junger Mann ´ , dachten die Bauersleute.

David kam nach einiger Zeit an einen See, ein Angler hatte sein Quartier dort aufgeschlagen und hielt eine Angel in der Hand.

„Schon etwas gefangen?" fragte David.

„Nein."

Da bemerkte David, daß die Angelschnur gar nicht im Wasser war.

„Ach, Sie wollen heute wohl gar nicht angeln?"

„Nein, morgen."

´ Was für ein seltsamer Angler ´, dachte David, er verstand ihn nicht.

´ Was für ein seltsamer junger Mann ´, dachte der Angler, ´ morgen ist doch auch noch Zeit ´.

Wo auch immer David hinkam, es war überall dasselbe: morgen... morgen... morgen... Niemand schien sich für heute etwas vorgenommen zu haben.

´ Na gut ´, dachte David, ´ ich werde sehen, was diese Menschen morgen machen. ´

Müde und zerschlagen kam er nach stundenlangem Ausflug in seinem Haus an, er legte sich auf das Bett in eines der freien Zimmer und schlief sofort ein.

Die Sonne stand hoch am Himmel.

Als er erwachte hatte sich daran nichts geändert. Mary war im Garten und pflückte Blumen, anschließend setzte sie sich ins Gras und trällerte ein Lied vor sich hin.

„So vergnügt heute?" , wollte David wissen.

„Es ist wunderschön, so sollte es immer bleiben. Es ist vollkommen gleichgültig was morgen passiert, wenn es nur heute so bleibt. Sieh mal, die schönen Blumen, ich werde sie gleich ins Wasser stellen."

Lange saßen die beiden dort und sahen den vielen kleinen Wolken auf ihrer Reise am Himmel zu. Unendlich oft änderte sich ihre Form, es entstanden immer neue Figuren, ihre Verwandlungsfähigkeit schien kein Ende zu nehmen. Ein großer Wal verwandelte sich langsam in eine Insel mit Bucht und Palme, eine häßliche Fratze wurde zu einem entzückenden Hund, so verging eine Stunde nach der anderen. Die Blumen hielt Mary immer noch in der Hand.

„Ach, die Blumen haben wir ja ganz vergessen", bemerkte David.

„Das hat noch Zeit."

David sah Mary mit großen Augen an, nichts schien sie aus der Ruhe zu bringen. Sie war grenzenlos glücklich mit ihrem jetzigen Leben.

Und er? Auf der einen Seite war es hier natürlich viel schöner, als an den anderen Orten, an denen er bisher gewesen war. Und Mary war bei ihm, das war ihm im Moment auch sehr wichtig, aber irgendwie überfiel ihn eine leichte Unruhe, etwas war nicht in Ordnung hier. Was ging vor in diesem Land? Ging überhaupt etwas vor? Jetzt fiel es ihm wieder ein, er wollte ja nachsehen, ob sich etwas geändert hatte. Wie hatte er das nur vergessen können? Langsam stand er auf und machte sich auf den Weg durch das Dorf.

Die Bauersleute saßen diesmal hinter dem Haus. Um ihre Felder kümmerten sie sich nicht. Der Angler angelte auch jetzt nicht, niemand schien sich seit gestern groß bewegt zu haben. Irgendwie hatte David auch nichts anderes erwartet, er fand, daß das doch alles recht seltsam war.

So ging es tagein, tagaus, immer wenn David vorbeikam, hatte sich nichts geändert. Ein merkwürdiges Land und doch so schön, die Gleichgültigkeit hatte auch ihn erfaßt. Sie trieb ihn von einem Tag in den nächsten, wobei sich ihm die Frage stellte, ob es überhaupt neue Tage waren. Eine Nacht hatte er hier noch nie erlebt, immer stand die Sonne hoch am Himmel.

Morgen... was war das überhaupt? Er konnte sich kaum noch erinnern und er kam nicht dahinter, was hier eigentlich geschah. Die Menschen warteten auf ein Morgen, das niemals kommen würde, aber sie waren glücklich mit ihrem Dasein. Eines Tages würde auch er sich keine Gedanken mehr darüber machen, er würde alles so hinnehmen, wie alle andern auch. Aber in seinem tiefsten Innern wurden alle Hebel in Bewegung gesetzt, um dem Herrscher dieses Landes zu entkommen, bevor es zu spät war. In ihm begann sich etwas zur Wehr zu setzen, es war als ob jemand ständig seinen Namen rief und ihn bat endlich aufzuwachen. Schließlich wurde das kribbelnde Gefühl der Ungeduld stärker und stärker. David lief Stunden umher und suchte seinen Weg, heraus aus diesem Kreislauf. Er mußte ihn finden, wenn er jemals diesen Ort wieder verlassen wollte. Aber wollte er es überhaupt?

Die Nähe von Mary war ihm wichtig – wichtiger als seine Freiheit? So sehr er auch suchte, er fand seinen Weg nicht. Seine Gedanken kreisten um Mary, er wollte sie nicht verlassen, sie war inzwischen wirklich das einzige, was ihn hier noch hielt.

Eines Tages war er schließlich bereit auch Mary zu verlassen. Er rannte davon, verließ das Tal und irrte in dem Land umher, verzweifelt auf der Suche nach dem verlorenen Weg, bis seine Kräfte versagten. Erschöpft fiel er in einen tiefen, unruhigen Schlaf:

Menschen saßen seelenruhig auf einer Bank während Dämme brachen, Häuser einstürzten und Kinder ertranken. Niemand half, Feuer vernichtete alles und um jeden herum brach die Welt zusammen. Niemanden schien es zu stören. In panischer Angst wollte er davonlaufen, aber er kam nicht von der Stelle. Er rief um Hilfe, aber niemand hörte seine Stimme, niemand wollte helfen. Eine riesige Flutwelle erfaßte ihn, er drohte zu ertrinken. Aus den Tiefen der Fluten hörte er eine Stimme:

„Hilf dir selbst, warte nicht bis andere helfen, dann könnte es zu spät sein. Verändere dein Leben jetzt, denn vielleicht gibt es kein morgen."

Mit letzter Kraft schwamm David um sein Leben.

Wild um sich schlagend erwachte er aus diesem Traum. David wußte nun, was zu tun war, um dieses Land verlassen zu können. Er ging auf dem kürzesten Weg ins Dorf zurück, alles war unverändert. Gleichgültigkeit ließ keine Veränderung zu. Dabei genügte in diesem Land ein Gedanke und alles konnte sich ändern. David erkannte schnell, daß er kein Werkzeug brauchte, er mußte sich nur ganz fest vorstellen wie etwas fertig auszusehen hatte und schon war es vollbracht. Es machte ihm Spaß, alles zu verändern und in kurzer Zeit war im Dorf alles in bester Ordnung, das Chaos war vorbei. Glücklich und zufrieden sah er sich um. Und plötzlich sah er ihn!

Seinen Pfad. Hell erleuchtet und nicht sichtbar für jedermann. Wie aus dem Nichts entstanden, lag er vor ihm. Für lange Zeit hatte er ihn verlassen, jetzt lud er ihn ein, seinen Weg fortzusetzen. Dankbar folgte David dieser Einladung und nicht ein einziges Mal sah er zurück.

Im selben Moment verschwand Davids Name auf dem Türschild an Marys Haus und alle Dinge verwandelten sich wieder in ihre ursprüngliche Form.

Die Stunde der Wahrheit

Er war vollkommen allein, mit vielen Fragen und ohne Antworten. Wer würde ihm diese Antworten geben? Wie war das alles zu verstehen? Was würde noch alles geschehen und was würde noch alles auf ihn zukommen? Seine Gedanken drehten sich im Kreis. Er ging seinen langen Weg weiter, zurück wollte er nicht, war er doch froh, daß alles so gekommen war, denn sein Gefühl sagte ihm, daß alles äußerst wichtig war für ihn. Er konnte es nur noch nicht richtig erfassen. Er fragte sich, warum er Mary nicht mitgenommen hatte, warum er nicht einmal an sie gedacht hatte und nur noch fort wollte von dort. Lange wanderte David, er sah weder nach rechts noch nach links und folgte nur dem hellen Punkt am Horizont. Dort mußte er hin...

Nach endlos langer Zeit glaubte er sein Ziel erreicht zu haben. Da war der See wieder, den er verlassen hatte; ganz sicher war er sich und endlich fühlte er sich geborgen und erleichtert. Ein großer Stein, erhitzt von Sonnenstrahlen, wurde sein Ruhelager. David setzte sich und ließ seine Füße ins kühle Naß baumeln, nichts hatte sich verändert an dem kleinen See. Er glaubte, gar nichts bemerkt zu haben bei seinem letzten Aufenthalt und doch kam ihm alles so seltsam vertraut vor. Tiefe Stille umgab ihn, alles schien ein kleines Schläfchen zu machen. Er hörte nichts. Keine Vögel, keine Grillen, noch nicht einmal das Rauschen der Blätter. Nur das Plätschern seiner Füße im Wasser störte diese Stille, kein anderes Geräusch lenkte von seinen Gedanken ab, ihm war, als höre er sie sogar.

Tausend Farben hatte der See und in seiner Tiefe stand die Zeit still für alle Ewigkeit. Es herrschte tiefer Frieden und

Gerechtigkeit. Kein Leid und kein Schmerz, und reine Seligkeit. Viel von dieser Ruhe stieg an die Oberfläche und berührte die Besucher dieses Sees. Kein Blatt bewegte sich, alles befand sich hier in Ruhe, denn die Zeit stand still an diesem See. Wer an diesem Ort war, hatte alle Zeit der Welt. Nachdenken, ohne daß einem die Zeit davonlief, Ideen verfolgen, ohne daß die Zeit knapp wurde. So müßte es immer sein: Zeit haben, so viel man wollte. Nichts würde geschehen, keine Kriege, keine Grausamkeiten, man könnte keine Fehler machen und alles wäre in bester Ordnung. David stutzte...

Wenn die Zeit stehenblieb, dann könnte man aber auch nichts besser machen, man würde seine Fehler beibehalten und pflegen, aber nichts würde sich verändern. Dinge, die bereits schlecht waren, würden so bleiben, nichts wäre in Ordnung.

Deshalb steht nur an diesem See die Zeit still, für Menschen, die alle Zeit der Welt brauchen, um sich selbst zu verstehen und um den Lauf der Dinge zu begreifen. Zeit ist nicht faßbar, alles was geschieht, geschieht jetzt. Das einzige, was wichtig ist, ist das Jetzt. Denn jetzt werden Dinge geplant, die morgen geschehen, es gibt keine feststehende Zukunft und keine konkrete Vergangenheit, denn alles spiegelt sich in der Gegenwart wider. Kaum ist ein Gedanke zuende gedacht, ist er bereits Vergangenheit und mit jedem neuen Gedanken beginnt die Zukunft. Eine Minute ist unendlich für jemanden, der in Todesangst schwebt, aber was ist eine einzige lächerliche Minute für jemanden, der glücklich ist. Was also ist Zeit? Gibt es sie oder ist es eine Illusion, ein Zerrbild der Wirklichkeit, eine Lüge? Ist die Zeit gebunden an die Lebenden und somit genauso wenig wahr wie das materielle Leben selbst? Ist alles was geschieht, nur ein Traum oder sind alle Träume ein Teil der Wahrheit?

Der alte Mann von damals stand plötzlich wieder vor David. Er schien nicht viel älter zu sein als David, und doch wirkte er alt und weise. Der Alte war oft an diesem Ort und er spürte es jedesmal, wenn hier jemand auf ihn wartete. In seinen Augen spiegelten sich die Seelen der Menschen. Sein Wille war stärker, als man es sich vorstellen konnte, er durchschaute jeden Menschen und nichts blieb ihm verborgen, sein Urteil war hart, aber es war die Wahrheit.

"Mein Name ist Marlengos. Ich werde dir einige deiner Fragen beantworten."

Seine hellen, freundlichen Augen sahen bis in die Abgründe jeder Seele, seine Stimme war tief wie dieser See, sie war sanft und friedlich wie der Ort, der ihn umgab.

„Ich habe so viele Fragen, ich weiß nicht genau, was mit mir geschieht. Woher weißt du, daß ich Fragen habe und warum willst du mir helfen?"

„Es ist meine Aufgabe dir zu helfen und dich für kurze Zeit zu begleiten. Ich tue was ich tun muß, so wie du auch. Du warst lange fort und viele deiner Fragen kannst du dir selbst beantworten. Du hast nur Angst es auszusprechen und es dir einzugestehen."

„Du mußt dich irren. Ich war doch gar nicht so lange fort, ein paar Tage vielleicht."

Marlengos lachte so sehr, daß die Erde bebte.

„Ich irre mich nie. Außerdem habe ich dich die ganze Zeit begleitet, auch wenn du es nicht bemerkt haben solltest. David, du warst lange fort... jahrelang, nach deiner Vorstellung von Zeit. Du hast neunundvierzig Jahre als Mensch auf der Erde gelebt, seit nunmehr zehn Jahren bist du hier und hast erst jetzt diesen Ort wiedergefunden. Nicht, daß Zeit irgendeine Rolle spielt. Ich nenne dir die Daten, weil Zeit dich noch sehr interessiert und du darin gefangen bist. Es dauert eine Weile bis Zeit unwichtig wird für dich. Wie du siehst, ist der Tod etwas völlig anderes, manche bemerken nicht einmal, daß sie tot sind. Aber du wußtest es offensichtlich sofort."

David nickte und antwortete Marlengos: „Ja, ich wußte es. Allerdings kann ich mich im Moment nicht an alles erinnern, was mit meinem Tod zusammenhängt. Als ich am See saß, wußte ich vom ersten Moment an, daß ich tot war. Es erstaunte mich, daß alles so anders war. Kein *Gott*, der mich bestrafte oder lobte, ich kam nicht in den Himmel und nicht in die Hölle. Es sieht hier so aus wie an anderen Orten auch. Niemand hat mich zur Verantwortung gezogen."

„Das ist nicht wahr" , widersprach Marlengos, „erinnerst du dich an deinen ersten Besuch hier? Du hast erkannt, daß du im Unrecht warst, weil du dich an die Ratgeber der dunklen Macht gehalten hast."

„ Du kannst mir zwar einiges vorwerfen, Marlengos. Aber ich habe nie etwas Böses getan oder jemanden verletzt."

Marlengos Stimme wirkte traurig, als er zu David sagte: „Doch, das hast du. Deine Frau hatte dich verlassen, zu Unrecht, wie du glaubtest. Aber sie hat dich verlassen, weil du blind vor Selbstsucht und Eigennutz warst. In der Rolle des verlassenen Ehemannes fühltest du dich wohl, du warst zufrieden, weil du von der ganzen Welt bedauert wurdest.

Dann wurde dein Leben dir gleichgültig, so gleichgültig, daß du zu trinken begannst und dich schließlich betrunken in ein Boot gesetzt hast.

Du bist den dunklen Stimmen in dir gefolgt, allein dadurch hast du Schlimmes getan. Du hast dich und andere seelisch verletzt, hast deinen Tod in Kauf genommen und schließlich deinen Körper getötet."

Davids Erinnerung an seinen Tod kam zurück, er war ertrunken. Alles ging sehr schnell, er verlor das Gleichgewicht und das Boot kenterte. Er sah wie sein Körper ein fremder Körper für ihn wurde, eine leere Hülle ließ er in dem See zurück. Er selbst, sein eigentliches Ich, erreichte das Ufer. Zunächst war er verwirrt, der See war ein anderer als der, in dem er den Tod gefunden hatte. Er hatte den Tod kaum wahrgenommen, so benebelt waren seine Sinne gewesen. Im See öffnete sich ihm die Tür zu einer anderen Welt. Wollte er sterben, als er auf den See hinausfuhr? Wohl kaum, aber es war ihm vollkommen egal, wenn es geschehen sollte. Die Trennung von seiner Frau hatte ihn aus der Bahn geworfen, er war niemals zuvor von einer Frau verlassen worden, hatte niemals eine wirkliche Niederlage einstecken müssen. Die einzige Niederlage seines Lebens brachte ihm den Tod. Aber auch mit dem Tod konnte er der Traurigkeit nicht entfliehen, sie verfolgte ihn und würde ihn weiter verfolgen, bis er diese Prüfung bestanden hatte.

Marlengos unterbrach Davids Gedanken: „Du wirst, wenn du eines Tages bereit dazu bist diese Bürde zu tragen, ein neues Leben bekommen. Ein Leben voller Prüfungen, bis du gelernt hast sie zu bewältigen und nicht daran zu zerbrechen."
„Ich will aber nicht leiden oder ein solches Leben führen müssen, ich will hierbleiben", meinte David trotzig.
Davids Entsetzen war unbeschreiblich bei der Vorstellung ein leidgeplagtes Leben führen zu müssen, er hatte das letzte Leben noch nicht einmal sinnvoll führen können.
„Wir bleiben nur solange hier, bis die wichtigsten Fragen geklärt sind, David, danach bringe ich dich in das dir

zustehende Reich. Dort bleibst du, bis du stark genug bist ein weiteres Leben zu ertragen und bis du bereit bist wieder zu gehen.

Es zwingt dich niemand, aber keiner bleibt für immer hier oder in den anschließenden Ebenen. Denn du wirst höher hinauf wollen... zu *ihm*. Und das kannst du nur über ein neues Leben, welches du mit Freuden auf dich nehmen wirst. Aber das hat noch Zeit. Zeit ist etwas, was keine Rolle spielt, du bekommst alle Zeit der Welt, um die Wahrheit zu finden, wenn du sie finden willst.

Einen Teil der Wahrheit kennst du schon, weil du dich selbst zur Verantwortung gezogen hast. Alles was geschehen ist, war eine Widerspiegelung deines irdischen Lebens.

Als deine Frau dich verließ, warst du blind vor Selbstmitleid und nicht eine Minute hast du dich gefragt, ob deine Frau litt. Nur dich selbst hast du gesehen und dich in deinem Schmerz gewunden.

Blind warst du, deshalb mußtest du in das Schattenreich, denn so wie du denkst und fühlst, so wird dir geschehen.

Alles was geschieht, geschieht, weil du es veranlaßt hast. Nur ist hier, im anderen Land, keine Materie vorhanden. Es ist nichts greifbares wie du sagen würdest. Die Materie läßt du zurück, wie deinen irdischen Körper, denn Materie ist nichts, nur Illusion. Du könntest die Materie mit deinem Geist beherrschen, statt dessen beherrscht sie dich. Ich weiß, daß du mir nur schwer glauben kannst, aber es ist so. Wenn du in deinem irdischen Leben an Materie festhältst, ohne etwas für deinen Geist zu tun, dann bleibt dir hier nichts, Materie gibt es hier nicht, aber deswegen ist diese Welt nicht weniger real als deine alte, sie ist nur anders.

Was bleibt für alle Ewigkeit sind deine Gefühle und Gedanken, daran kann auch der Tod nichts ändern. Da du voll Selbstmitleid warst, hat dieses Gefühl dich in das Schattenreich gezogen. Selbstmitleid ist sein Herrscher, und dieser ist ein Diener der Dunklen Macht. Solange du vom Selbstmitleid beherrscht wirst, wird *Gott* dir nicht helfen, da du dich einer anderen Macht unterwirfst. Es ist sicher für dich nicht leicht zu verstehen, aber es wird dir eines Tages deutlich werden. Der Kampf der Geister vor unendlich langer Zeit hat vieles verändert."

Marlengos schwieg für einen Augenblick und blickte traurig in den See. Seine Trauer konnte man spüren, so wie man Regentropfen auf der Haut spürte.
Es war so unglaublich lange her und doch kam es ihm vor, als wäre es gerade erst geschehen. David fühlte diesen Schmerz, auch wenn er nicht wußte, was Marlengos wohl damit gemeint haben mochte. David ahnte, daß auch er ein Teil dieser Vergangenheit war, aber erinnern konnte er sich nicht.

Marlengos fuhr fort: „Tatsache ist, daß du in den Ländern warst, die man aus freien Stücken wieder verlassen kann, wenn man genug Glauben und Vertrauen hat und kein Herrscher in diesen Ländern kann dich daran hindern. Die Länder im tiefen Herzen der Nacht allerdings, können nur mit Erlaubnis des Fürsten verlassen werden, so sehr die Menschen auch klagen und weinen. Als du dich für deinen *Gott* entschieden hast, kam *er* dir zu Hilfe.
Dabei ist es vollkommen gleichgültig wie du deinen *Gott* nennst, denn es gibt viele Namen für *ihn* auf Erden, aber doch ist *er* immer derselbe. Kein Vergehen bleibt ungesühnt, keine Tat geht verloren, keine gute und keine schlechte. Alles ist gespeichert und jederzeit abrufbar. Dieser Speicher funktioniert wie das Gehirn der Lebewesen, wie im Großen so im Kleinen. Ein Speicher für den Kosmos und für alles, was dann folgt.

David, du hast es leider in deinem irdischen Leben nicht geschafft dich von deinem Selbstmitleid zu lösen. Du hast jetzt gesehen, daß du es hättest schaffen können, wenn du es wirklich gewollt hättest. Die Ereignisse in den einzelnen Ländern dienten deiner Entwicklung, es ist so, als würdest du erzogen werden, wie du beispielsweise einen Hund erziehst.

Erinnere dich an deinen Hund, du nahmst ihn an die Leine um ihn besser kontrollieren zu können. Das ist vergleichbar mit dem Leben hier, denn jeder Fehler ist hier sofort für dich erkennbar, da er unmittelbare Konsequenzen für dich hat. Will dein Hund dem Wild nachstellen, hindert ihn die Leine und er wird dadurch lernen, was du von ihm erwartest. Ähnlich funktioniert es hier. Zwar gibt es keine Leine für dich, aber wenn du in eine bestimmte Richtung denkst, geschieht, was du denkst. Jeder Irrweg wird als Irrweg erkennbar. Du findest beispielsweise deinen Weg nicht mehr und kannst den Ort nicht verlassen, bis der Irrtum aufgeklärt ist.

Ob dein Hund etwas gelernt hat, wird sich erst herausstellen, wenn die Leine ihn nicht mehr hindert, das heißt, wenn er sich frei bewegen kann. Du kannst dann keinen physischen Druck mehr ausüben, er könnte seinen Instinkten und Trieben freien Lauf lassen. Jetzt erst zeigt sich, ob er etwas gelernt hat oder nicht. Wenn du aus diesen Ländern in ein neues Leben entlassen wirst, ist es so, als würde jemand dir die Leine abnehmen. Alles was du hier gelernt und alles was du hier verstanden hast, wirst du nun wieder in Frage stellen. Du wirst vielen Einflüssen ausgesetzt sein, denen du folgen könntest und möchtest, alles Dinge, die dich hier nicht beeinflußt haben, weil sie hier keine Rolle spielten.

Ob du diesen Einflüssen folgst, hängt davon ab, ob du wirklich etwas verstanden hast. Als Leitfaden bleibt dir weniger als dem Hund, denn du wirst alles vergessen, was hier geschehen ist, dir bleiben nur dein Gewissen und die Gefühle, die du aber nicht immer richtig deuten kannst. Viele vor dir haben die Schattenreiche nicht verlassen, weil sie auch hier, wo alles so offensichtlich ist, ihren Weg nicht gefunden haben. Vielleicht schaffen sie es im nächsten Leben, sie bekommen ihre Chance immer wieder.

David, du hättest dein Leben wieder in den Griff bekommen können, statt dessen hast du *ihn* verlassen und bist den Mächten der Finsternis gefolgt. Du hattest kein Vertrauen und hast den Glauben irgendwann verloren, erst im Schattenreich hast du das Vertrauen wiedergefunden.

So wie du denkst, so wird dir geschehen. Du hast deine Lektion gelernt im Schattenreich. Hier ist alles so klar und deutlich, ohne die hemmende und verlockende Macht der Materie.

Die Materie ist nichts, sie steht unter der Geistwelt. Denke und dir wird geschehen. Denke, die ganze Welt ist gegen dich und die ganze Welt wird gegen dich sein. Du allein trägst die Verantwortung für dein Leben, du allein erntest, was du gesät hast. Ist die Saat unvollkommen, wird auch die Ernte unvollkommen sein. Denn wer die Saat einer Distel in die Erde bringt, kann keine Rose erwarten. Und so ist es mit allen Dingen. Wenn du den Grundstock für Gewalt legst, wirst du Gewalt ernten, es kommt, was du veranlaßt.

Du bist in das Schattenreich gekommen, weil du die Ursache begründet hast, du hättest das Schattenreich aus eigener Kraft wieder verlassen können, aber diese Kraft und das Vertrauen zu dir selbst hast du nicht gefunden. Deshalb hast du *ihn* um Hilfe gebeten, warum hast du das nicht in deinem irdischen Leben auch getan. Um etwas bitten und beten liegen dicht beieinander, aber du hast es nicht erkannt, statt dessen die Hände in den Schoß gelegt und die Lösung deiner Probleme im Alkohol gesucht. Und warum bist du diesen Weg gegangen?"

Marlengos sah David fragend an, doch dieser zuckte nur mit den Schultern und deshalb beantwortete Marlengos die Frage selbst: „Weil es dir gefallen hat! Du hast gewollt, daß es dir schlecht ging, denn du hast gehofft, damit deine Frau bestrafen zu können. Sie sollte ein schlechtes Gewissen bekommen, sie sollte leiden so wie du.
Nennst du das vielleicht Liebe? Du hast dir dabei nur selber Schaden zugefügt; du warst zufrieden, daß alle dich bedauert haben, zufrieden darüber, wenigstens so im Mittelpunkt stehen zu können. Denn etwas anderes hast du nicht zustande gebracht oder gibt es irgend etwas auf das du stolz sein kannst? Deine verletzte Eitelkeit hat dich tiefer und immer tiefer in die Abgründe deiner Seele geführt. Alle Welt sollte sehen, daß deine Frau schuld war an deinem Verfall. Alle sollten die Schuld bei ihr suchen, damit du von deiner Schuld ablenken konntest, denn beim Opfer, beim Leidenden, würde man keine Schuld suchen. So hast du dich selbst daran gehindert deine Fehler zu erkennen und durch Selbsterkenntnis zur Wahrheit zu kommen. Und das war deine eigentliche Schuld. Kummer und Leid kann man verstehen, sie müssen manchmal sein, um sich entwickeln zu können. Aber zu verhindern, einen Fehler zu erkennen und zu korrigieren, das ist schlimm."

Marlengos machte eine kleine Pause, er wollte David nicht quälen, aber es war nun mal seine Aufgabe, ihn auf seine Fehler hinzuweisen. Und so gab es noch vieles, was er ihm sagen mußte.

„David, du warst so unglaublich zufrieden mit dir selbst in deinem Leid. Solche selbstzerstörerische Zufriedenheit läßt eine positive Entwicklung nicht zu, es kommt zum Stillstand oder sogar zum Zerfall.

Selbstbetrug war der Herrscher des Landes, in dem du Mary getroffen hast, dieser Selbstbetrug täuscht Zufriedenheit vor und verdeckt die Wahrheit. Das, was du nur gedacht hast, wurde in diesem Land zur bitteren Wahrheit. So wie du empfindest, so wird deine Realität. Während du im irdischen Leben dich und andere belügen kannst, ist das hier nicht möglich, denn Lügen sind sichtbar für jeden der sehen kann. Im irdischen Leben verhindert oft der Glanz der Materie das Erkennen der Wahrheit. Ihr habt Schwierigkeiten zu erkennen, daß euer Weg falsch ist, weil Besitz euch blendet und falsch leitet, dabei könnt ihr nichts davon mit in den Himmel nehmen. Zu Lebzeiten warst du zufrieden mit dem Besitz, den du hattest, mit deinem Erfolg und deiner Herrschaft über Frau und Kind. Nach außen also lebtest du in einer, aus deiner Sicht, heilen Welt. An dieser Zufriedenheit, diesem Glück, durfte auch nicht gerüttelt werden, es sollte alles so bleiben, damit du zufrieden warst.
Doch deine Welt zerbrach in tausend Scherben. Du hast jahrelang in einer Illusion gelebt, denn deine Zufriedenheit hing einzig und allein von äußeren Dingen ab. Du hast es versäumt, ein inneres Gleichgewicht und äußere Harmonie herzustellen, Rücksichten auf die Menschen zu nehmen, die um dich waren; du hast von ihnen fast nur genommen, ihnen selten etwas zurückgegeben und das kann nicht halten.
Wenn du dich nicht vom äußeren Glanz hättest blenden lassen, wäre dir die Unzufriedenheit und das Leid deiner Familie aufgefallen und du hättest dein Verhalten korrigieren können. Es ist schön, wenn du deiner Familie

Haus und Hof bieten kannst, teure Kleidung, viele Spielsachen und Geld für Luxus. Aber was war mit den viel wichtigeren Dingen, David?

Der Liebe, dem Vertrauen zueinander, dem ´ geben wollen ´ ? Besitz ist doch nicht der Sinn des Lebens!

Du hast nicht mit deiner Frau und deinem Kind zusammen gelebt, du hast sie besessen, so wie man einen Stuhl besitzt und du hast sie benutzt. So wie du auch deine Freunde benutzt hast, solange du dir Vorteile davon versprochen hast. Der Besitz und der Erfolg war dir gegeben, damit du keinen Überlebenskampf führen mußtest, du solltest Zeit haben, dich deiner seelischen Entwicklung zu widmen. Du warst relativ wohlhabend, nicht weil es der Zufall so wollte oder weil es das Schicksal gut mir dir gemeint hat, es gibt keinen Zufall und das Schicksal dient immer der Entwicklung, meint es deshalb mit jedem gut.

Es war vielmehr eine Prüfung für dich, wie du mit soviel Überfluß umgehen würdest, ob du es sinnvoll nutzen konntest und ob deine Seele daran gereift war. Der Besitz sollte dir dienen, so wie Materie immer nur der Diener, aber nie der Herrscher sein sollte. Materie steht immer unter dem Geist, du aber hast sie darüber gestellt. Besitz und Erfolg war für dich wichtiger, als alles andere und somit hast du dich den Gesetzen der Materie unterworfen. Denselben Herrschern, die in Marys Land herrschten, dientest du zu Lebzeiten. Du warst nicht in der Lage etwas loszulassen oder auf etwas zu verzichten, denn eine Veränderung hätte ja deine Zufriedenheit zerstören können.

Plötzlich wurdest du beherrscht von der Angst, nämlich der Angst vor Verlust – von Mißgunst, denn jemand anders könnte mehr haben als du – von Habgier, denn das was du hattest, war dir nicht genug. Das Schicksal, wie du es nennst, wollte dich auf den richtigen Weg zurückbringen, wollte dich zwingen loszulassen, deshalb hast du alles verloren. Deine Seele fiel in einen Abgrund, die Welt in dir wurde trist, öde und farblos. Wie Marys Land. Das krampfhafte Festhalten und Verteidigen deines sogenannten Glücks, hat schließlich deine heile Welt zerstört. Dabei war sie nie heil, sie war eine Illusion, materieller Wohlstand verdeckte den Zustand deiner Seele.

So wie sich dein Egoismus im Schattenland als Dunkelheit und tiefe Nacht zeigte, so zeigte dir Marys ödes Land wie traurig deine Seele war. Deine Seele war grau und leer, nur der Glanz um dich herum zu Lebzeiten, machte dich blind für diese Erkenntnis. Das Schicksal versuchte das Ruder herumzureißen, aber es war machtlos gegen deine Weigerung dich zu ändern, selbst nachdem du alles verloren hattest, lerntest du nicht. Du hattest ja etwas neues an das du dich klammern konntest, dein jämmerlicher Zustand. Wieder siegte die Zufriedenheit mit deiner Lebenssituation, denn sie verschaffte dir andere, neue Vorteile: Mitleid und Selbstmitleid. Selbstbetrug hieß dein Beherrscher, immer machtest du andere für deinen Kummer verantwortlich. Du hast Möglichkeiten gehabt dein Handeln zu überdenken und einfach weiterzugehen, statt dessen hast du dich mit deiner lächerlichen Rolle abgefunden und konntest sie sogar genießen."

Wieder machte Marlengos eine Pause. David mußte erkennen, daß Marlengos recht hatte. Es erstaunte David, daß er dies zu Lebzeiten nicht erkannt hatte.

Marlengos sprach weiter: „Viele haben dir damals die Hand gereicht, wollten helfen, doch du hast dir nicht helfen lassen. Erst als Mary in ihrem Land plötzlich deine

Hilfe brauchte, da hast du es erkannt und wurdest stark. Du hättest zu Lebzeiten denen folgen sollen, die dir ihre Hand reichten und dir helfen wollten. Das, was um dich herum geschieht, geschieht, weil du die Ursache dafür bist. Zu Lebzeiten ist das Umfeld so angelegt, daß du daraus lernen kannst. Hier entspricht deine Umgebung deiner seelischen Ausstrahlung, deshalb ist es hier natürlich leichter zu erkennen, wie es in dir aussieht. Kein Geld der Welt kann dich vor dem Tode retten, es trifft jeden irgendwann. Und hier zählt Besitz nichts, du stehst mit leeren Händen da; es gibt hier niemanden, der dich wegen deines Geldes beneidet. Hast du darauf zu Lebzeiten großen Wert gelegt, bleibt dir nun nur das Gefühl des Verlustes und des Verzichts. Hier zählt nur, wenn du Seelen ´ gesammelt ´ hast, eine einzige noch so kleine Seele, die für dich spricht, ist mehr wert, als alles Gold der Welt. So wie du denkst und fühlst, so geschieht dir, deshalb hatte dich deine seelische Schwingung in Marys Reich geführt und dich zu einer Entscheidung gezwungen.

Ändert sich die seelische Schwingung, dann muß das Land dich wieder gehen lassen, da die Schwingungen nicht mehr zueinander passen und sich abstoßen, statt sich anzuziehen. Die Länder, die du gesehen hast, entsprachen deiner inneren Einstellung, die Bewohner fühlten wie du und waren in diesem Gefühl gefangen und nicht in der Lage anders zu handeln oder zu denken. Mary und ihr Freund waren mit ihrer Angst und ihrem Festhalten an einer trostlosen Situation ein Spiegelbild deinerselbst. Aber du hattest ein wenig deiner inneren Kraft wiedergefunden, die ja vorhanden und nur durch das letzte Leben verschüttet war.

Denn du warst auch schon mal anders, vor langer Zeit... man kommt von hoch oben, fällt sehr tief und muß mühsam wieder hinauf .

Doch das gehört jetzt nicht hierher.

Du hattest schnell erkannt, daß die sogenannte Zufriedenheit in Marys Land, den Bewohnern nur schadete. Ach, hättest du es in deinem Leben doch auch erkannt, dann wären wir schon einen ganzen Schritt weiter, aber es ist schon gut so, ich vergesse manchmal, daß alles seinen Sinn hat, auch Dinge, die ich selbst nicht verstehe.

Auch Mary hatte erkannt, daß etwas nicht stimmen konnte in ihrem Land, diese Angst, dieses Mißtrauen! Alles Waffen, die eingesetzt werden, um Veränderungen zu verhindern, um Entwicklung zu unterbinden. Du hattest es geschafft, ihr Vertrauen zu gewinnen, die Angst in ihr konnte für einen Augenblick nicht greifen, mußte Platz machen für Mut und Kampfgeist. Es hat sie ungeheure Kraft gekostet, diesen Schritt zu wagen. Es war für sie viel schwieriger als für dich, denn du wußtest, daß es weiterging. Mary wußte es nicht, sie konnte den Weg nicht sehen und mußte dir blind folgen. Sie war noch nicht so weit, den Weg allein zu finden, aber aufgrund ihrer inneren Einstellung gehörte sie auch nicht mehr in das Land, denn die negative Kraft hatte die Macht über sie verloren. Sie wollte sich wehren und es nicht mehr hinnehmen, so wie es war.

Ihr wurde deshalb ein Strohhalm gereicht, um ihr zu helfen und dieser Strohhalm warst du, David. Es war dabei für dich nicht zwingend den Weg zu verlassen, es war dein freier Wille und der freie Entschluß zu helfen oder es nicht zu tun. Wärst du einfach weitergegangen, hätte es dir nicht geschadet, aber Mary hätte eine Chance weniger gehabt. Du wärest lediglich auf deinem Weg irgendwo noch einmal vor die Wahl gestellt worden: Helfe ich oder tue ich es nicht... gehe ich mit

Scheuklappen vorbei, als ob ich nichts gesehen und gehört hätte, weil ich es nicht zulassen kann, daß meine Zufriedenheit gestört wird?

Ist mir meine Glückseligkeit wichtiger als die Belange anderer?

Du hast dich positiv entschieden und damit für Mary. Für sie war es von großer Bedeutung, weil sie ihren Freund und Leidgenossen für einen völlig Fremden verließ. Vielleicht bringt sie eines Tages auch *ihm* dieses Vertrauen entgegen und folgt *ihm,* so wie sie dir gefolgt ist. Den Weg der Wahrheit hat sie nicht gesehen, du allein konntest ihm folgen, sei dankbar dafür.

Einen solchen Weg habt ihr Menschen auch in eurem irdischen Leben, jeder könnte ihn fühlen. Der Weg ist eigentlich so klar, oft geht ihr große Umwege, aber geht sie nur, diese Umwege, über kurz oder lang findet ihr alle euren Weg. Es gibt immer wieder eine Chance. Aber jeder muß seine Entscheidungen selbst treffen, nur der Zeitpunkt wird bestimmt, wann eine Prüfung erfolgen muß und da jeder Schritt ein Schritt nach vorne ist, auch jeder Irrtum und jeder Fehler, führt der Weg niemals zurück.

Deshalb war auch das Überqueren der Brücke etwas Endgültiges, etwas was nicht rückgängig gemacht werden konnte. Es gibt keinen Weg zurück, denn alles entwickelt sich in eine Richtung. Mary hatte ihre Chance ergriffen, aber ihr Freund war noch nicht bereit dazu. Mary konnte ihm nicht mehr helfen.

Seine Aufgabe wäre es gewesen, einem völlig Fremden zu vertrauen, um zu zeigen, daß er den Atem *Gottes* spürte, der einen Augenblick von dir ausging. Du warst das Boot, gestrandet an einer Insel und wer einsteigt, weiß nicht wohin die Fahrt geht, wohin es als nächstes treibt. Mary hatte den Mut einzusteigen, sich dir anzuvertrauen, um, am Ziel angekommen, dieses Boot wieder zu verlassen und sich dem neuen Schicksal zu stellen. Ein neues Boot wird kommen und Marys Freund wird wieder vor die Wahl gestellt, es ist seine freie Entscheidung, sein freier Wille. Wieder wird er nicht wissen, wohin die Fahrt geht und ob sein Vorgänger überhaupt irgendwo angekommen ist.

Seine Entscheidung trifft jeder allein für sich selbst, so wie jeder seine Entscheidung allein zu verantworten hat. Niemand wird an deiner Stelle zur Verantwortung gezogen, auch dann nicht, wenn du nur auf den Rat eines Freundes gehört oder einem Befehl gehorcht hast. Tue es oder tue es nicht, es ist dein freier Wille, niemand kann dir die Wahrheit beweisen, du mußt die Wahrheit in dir erkennen, ihr folgen und sie erleben. David, nur so kannst du deinen Weg finden!

Weil dir diese Erkenntnis fehlte, war im nächsten Land der Weg für dich nicht mehr erkennbar. Die oberflächliche Schönheit dieses Landes hatte dich geblendet und machte es dir unmöglich, deinen inneren Leitfaden zu erkennen. Die Herrscherin, die Gleichgültigkeit, hätte dich fast verschlungen. Du warst bereit in diesem neuen schönen Land zu bleiben, dein Name stand bereits an der Tür und du wolltest nicht mehr weiter. Du hast dir anfangs nicht mal die Mühe gemacht den Weg zu finden, weil du überzeugt davon warst am Ziel zu sein. Die Gleichgültigkeit beherrschte dich, wie zuvor in deinem Leben, nur dort hatte es dir den Tod gebracht. Du hattest kein Interesse daran dein Leben zu verändern, denn das Leben oder der Tod waren dir egal. Es war dir vollkommen gleichgültig ob du sterben würdest, als du volltrunken in das Boot gestiegen bist, der Alkohol ließ keine Überlegung mehr zu. Jeden Gedanken hattest du betäubt, dein Leben und das der anderen war dir nicht mehr wichtig. Dabei ist das Leben ein kostbares Geschenk und Geschenke wirft man nicht einfach weg.

Erst im Land der Gleichgültigkeit hast du plötzlich begriffen, was es heißt, sich aufzugeben. Dein Name an der Tür war die Verwirklichung deines Willens, als dein Wille sich änderte, hatte das Land keinen Platz mehr für dich. Dein Name verschwand, wie der Wunsch dort zu leben. Gerade du könntest viele Dinge begreifen, wenn du es nur wolltest, du allein könntest die Welt verändern, wenn du bei dir selbst anfangen würdest.

Das ist die wichtigste Spielregel im Leben: Ändere dich selbst und die Welt muß dir folgen. Und wenn nicht in diesem Leben, dann in einem anderen."

David saß lange schweigend da, seine Gedanken sammelten sich und er wiederholte jedes Wort, das er gehört hatte in seinem Innern. War er tatsächlich so sehr seinen Fehlern verfallen gewesen, hatte er wirklich so vieles falsch gemacht? Es hatte ihn nie sonderlich berührt, wenn seine Frau ihm Dinge vorwarf, deren Vorwurf er nicht verstand, er hatte sich wohl auch nie die Mühe gegeben, es zu verstehen. Sein Egoismus war besonders ausgeprägt, dabei war er als Kind so ein netter Junge gewesen. Was war geschehen, wann und warum hatte sein Verhalten sich geändert? Und was würde jetzt aus ihm werden? Er hatte doch so vieles falsch gemacht, durfte er erwarten, jetzt friedlich leben zu können?

„Sei unbesorgt", unterbrach Marlengos seine Gedanken, „du hast deine Probleme erkannt und hast das Leid, das du anderen zugefügt hast, mit seinen Auswirkungen am eigenen Leib erfahren. Eines Tages wirst du es wieder gutmachen können. Du hast jetzt die Möglichkeit, dich auf ein neues irdisches Leben vorzubereiten, du wirst Dinge kennenlernen, die deine Entwicklung fördern und du wirst Wahrheiten erfahren, die sich tief in dir festsetzen werden."

David fragte:„Werde ich mich in meinem neuen Leben an dieses hier erinnern können?"

„Nein, es wäre zu einfach und auch nicht sinnvoll, da dein neues Leben ein ganz anderes sein wird. Auch wenn du entscheiden kannst, wie du leben willst, so wäre es nur hinderlich, wenn du mit deiner Vergangenheit belastet würdest. Wenn die Vorsehung es will, daß du dich erinnerst, dann wird es geschehen. Du wirst vor neue Entscheidungen gestellt werden, die doch die alten sind, tief in dir kennst du die richtige Lösung. Ob du den für dich richtigen Weg dann auch gehst, ist eine andere Sache. Manchmal ist er der unangenehmere und beschwerlichere Weg, du wirst es fühlen, wenn du auf deine innere Stimme hörst. Komm jetzt, wir gehen in dein Land. Dort wirst du Menschen finden, die du kennst."

„Auch meine Frau?"

„Ja, sie ist inzwischen auch hier, es ist viel Zeit vergangen auf Erden. Auch sie hat Fehler gemacht und sie erkannt."

Verlorene Seelen

„Wenn dieses nicht mein Land ist, wo bin ich dann", wollte David wissen.

Marlengos antwortete: „Wir sind in einem Zwischenreich. Du bist noch nicht richtig in deiner Ebene und doch ist dieses bereits ein Teil davon. Hier werden dir deine Fehler gezeigt und du durchleidest sie, für manche dauert diese Stufe Sekunden, für andere Jahre. Der Mensch durchlebt sein Leben erneut, manchmal als direkt Betroffener, so wie bei dir und manchmal als stiller Beobachter. Dann läuft das Leben praktisch nur wie ein Film ab, aber sämtliche Gefühle sind spürbar, die eigenen und die der anderen. Man nennt diese Ebene, die Sphäre der Erkenntnis. Es ist sehr schwierig eine räumliche Darstellung zu geben, denn einen Raum gibt es nicht, genausowenig wie es Zeit gibt. Aber ich will es versuchen. Stelle dir eine spiralförmige Feder vor, die du vor dir auf einen Tisch legst, du hältst sie auf dem Tisch fest und ziehst sie nach oben. Auf dem Tisch, inmitten der Feder liegt das Universum mit seinen materiellen Ebenen und somit auch der Erde. Die Spirale ist der Weg des Lichts, dem du nach deinem Tod folgen kannst, so wie du es in Marys Land auch getan hast. Gehst du diesen Weg, ohne ihn zu verlassen, ohne von ihm abzukommen, dann durchläufst du die einzelnen Sphären, ohne näher mit ihnen in Berührung zu kommen. Wie in Marys Land, gehst du deinen Weg und kannst links und rechts sehen, was für ein Land du gerade durchquerst. Verlierst du diesen Weg aus den Augen, so begibst du dich in eine bestimmte Sphäre, in ein bestimmtes geistiges Land.

Die Erde selbst ist, wie auch du, solange du als Mensch auf ihr weilst, eine Lebensform aus extrem verdichteter Energie, bestehend aus vier Elementen. Um die Erde herum liegen die Sphären dicht zusammen, je mehr du dich von der Materie entfernst, desto lichter werden die Welten, die Ebenen werden größer und weiträumiger. Du befindest dich hier am Rande der zweiten Ebene, am Übergang zur dritten. Die zweite Sphäre hast du teilweise schon kennengelernt. In dieser Sphäre befinden sich viele ineinander übergehende Länder, auch die Länder der ewigen Nacht. Die hast du nicht gesehen, sie sind auch zu furchtbar, um jetzt darüber zu reden.

Die erste, und somit erdnächste Ebene, hast du übersprungen, weil sie für dich nicht wichtig war. Aber ich will sie dir zeigen, sie ist eine traurige Zone, so ohne Hoffnung. Viele Seelen sind dort gefangen, manche für viele hundert Jahre, es ist dieses die Sphäre der verlorenen Seelen. Ihre Körper sind verstorben, aber ihre Seelen wissen es nicht, sie irren umher, tun Dinge, die sie zu Lebzeiten auch getan haben. Diese Geschehnisse lassen sie nicht los und bestimmen ihr ganzes Dasein. Immer und immer wieder wiederholen sie die Dinge, die sie nicht loslassen, die sie nicht aus ihren Erinnerungen streichen können. Einige Seelen wissen nicht oder wollen nicht wahrhaben, daß sie tot sind; sie dachten, nach dem irdischen Leben wäre alles vorbei und es käme nichts mehr. Deswegen werden sie nun nicht damit fertig, manche Seelen gehen sogar soweit, daß sie einen fremden Körper besetzen und glauben es sei ihrer.
Dieser so ´ besessene ´ Mensch wird dann häufig für verrückt gehalten - es ist schon ein trauriges Kapitel. Andere Seelen wiederum wissen, daß sie körperlos sind, sie haben aber etwas getan oder es ist etwas geschehen, das ihnen keine Ruhe läßt. Sie finden ihren Weg nicht und irren umher, ihr nennt sie Spukgeister und oft habt ihr große Angst vor ihnen. Das Reich der verlorenen Seelen hat Verbindungstüren zum irdischen Reich, da es ihm ja

am nächsten liegt. Irgendwo mitten im Raum gibt es Löcher in eine andere Dimension, dadurch ist es manchen lebenden Menschen möglich, Geister zu sehen oder zu hören. Aber statt ihnen zu helfen und sie auf den Weg des Lichts zu führen, werden sie vertrieben, irren dann weiterhin durch den leeren Raum der Zeit und verlieren vollkommen die Orientierung, da sie die ihnen bekannte Umgebung verlassen müssen. Auf die Erde können sie ohne Körper nicht zurück, es sei denn sie besetzen einen fremden. Den Lichtweg sehen sie nicht, da sie niemand darauf aufmerksam gemacht hat. Nur wenige von euch haben den Zusammenhang erkannt und beten für diese Verlorenen, da sie es selbst nicht können. Wenn für sie gebetet wird, bricht die Mauer aus Illusion, die sie umgibt, zusammen und so können sie von den Seelen gefunden werden, die dafür zuständig sind. Sie können ihnen dann helfen den Weg zu finden. Du machst dir keine Vorstellung davon, wie furchtbar es ist, immer und immer wieder dasselbe tun zu müssen, immer wieder denselben Gefühlen ausgesetzt zu sein. Stell dir jemanden vor, der sich aus Verzweiflung umbringt, er durchlebt diese Situation immer wieder, er stirbt tausend Tode. Dabei wird jedem nur ein Leben auferlegt, das er auch ertragen kann. Man erfüllt sein Schicksal nur, wenn man das Leben lebt. Wenn man es vorzeitig abbricht, das Schicksal also nicht angenommen worden ist, wird es sich wiederholen.

Manchmal verlangt das Karma zu leiden, du mußt dich dann deinem Schicksal ergeben. Die wohl schwierigste Aufgabe eines jeden Lebens ist es, zu erkennen, wann es *sein* Wille ist und wann du es dir selbst zuzuschreiben hast. Die Frage ist also, wann muß ich etwas erdulden und wann muß ich gegen das Übel kämpfen? Die Entscheidung ist oft schwierig.

Hier ist eine Tür, wenn du willst, gehen wir hindurch und sehen uns an, was dort geschieht. Eingreifen kannst du nicht, auch wird uns niemand bemerken. Es gibt Geistwesen, deren Aufgabe ist es diesen Verlorenen zu helfen, aber unsere Aufgabe ist es nicht. Wir sind von einem schützenden Mantel aus reinem Licht umgeben, denn unsere jetzigen Körper würden unter dem Einfluß dieser Sphäre leiden. Jede dieser Seelen, die du sehen wirst, hat sich ihre eigene Existenz aufgebaut und nur diese ist für sie real, es steht nicht in unserer Macht, sie aus diesem Irrweg hinauszuführen."

Marlengos und David durchschritten eine Tür aus fließendem Licht, das wie ein Wasserfall zu Boden fiel, hell und strahlend. Eine andere Welt tat sich auf, sie standen mitten auf einem Friedhof und das Lichttor war verschwunden, als hätte es nie existiert.
Ein Mädchen saß an einem Grabstein, an ihrem Grab und weinte. Sie hieß Isabelle, gestorben 1610 durch die Hand ihres Mannes. Ihr Mann war ein ehrbarer Bürger der Stadt gewesen und niemand hatte ihn mit dem Mord in Verbindung gebracht. Die Stadt von damals gab es längst nicht mehr, die Häuser waren größer und die Straßen lauter geworden. Aber den kleinen Friedhof, den gab es noch. Jedes Jahr, an ihrem Todestag, war Isabelle für die irdischen Menschen zu sehen und diese hatten Angst vor dem weinenden Mädchen und mieden den Friedhof zu dieser Zeit. Sie würde dort erscheinen bis jemand für sie beten würde oder bis sie ihre Ruhe wiedergefunden hatte, vielleicht bis das Geheimnis um ihren Tod von den Menschen aufgeklärt worden war. Sie hatte sich innerlich nicht von ihrem Leben gelöst und ihre Trauer und ihre Rachegefühle waren stärker als der Weg ins Licht. Nebel legte sich um die junge Frau und ein neues Bild entstand.

Zwei Brüder mit Degen gingen voller Haß aufeinander los. Der Heuboden verwandelte sich in ein Schlachtfeld, bis beide sterbend am Boden lagen. Und immer wieder begann der Todeskampf von neuem, zwei Brüder, die sich gegenseitig umbrachten und keine Ruhe fanden. Das ganze war vielleicht zweihundert Jahre her, für beide war es Realität. Wie lange wird ihr Kampf noch dauern müssen, wie lange? In ihrem nächsten Leben werden sie wieder vor die Wahl gestellt zu töten oder es nicht zu tun. Sie werden furchtbare Träume haben, ohne zu wissen warum und sie werden dadurch gewarnt werden, diese Fehler nicht wieder zu machen. Angstschweiß wird ihnen auf der Stirn stehen, wenn sie eine Waffe gegen einen anderen erheben. Werden sie diese Zeichen erkennen?

Der Nebel kam und ging. Immer neue Bilder und Schicksale wurden ihnen vorgeführt und immer schien es, als seien sie mitten im Geschehen.

Eine alte Frau durchwanderte ein halb verfallenes Schloß, es mußte einmal wunderschön gewesen sein, doch nun nagte der Zahn der Zeit daran. Zu Lebzeiten hatte sie ihren Schmuck versteckt, damit ihre Kinder und Enkel ihn nicht finden konnten. Sie liebte dieses alte Haus und als sie für eine lange Zeit schwerkrank ans Bett gefesselt war, wurde das Geld knapp. Das Haus verfiel und sie war nicht mehr in der Lage, ihren Kindern zu zeigen wo der Schmuck lag, das Anwesen hätte damit gerettet werden können. Sie nahm schließlich ihr Geheimnis mit ins Grab, ihr Geiz hatte zum Untergang des Schlosses geführt und die alte Frau fand deshalb keine Ruhe und trauerte um ihren einst schönen Besitz. Sie versuchte durch ihr Erscheinen auf den Schatz hinzuweisen, aber keiner verstand sie und niemand wußte, daß der Schmuck überhaupt existierte, so daß niemand danach suchte.

Man kann nur erahnen, was in diesen Seelen vorgeht. Sie leiden manchmal hunderte von Jahren, einsam und verzweifelt wissen sie oft nicht einmal was geschehen ist. Für *ihn* ist diese Zeit nicht mehr als ein Augenaufschlag, aber für die Seelen fast eine Ewigkeit.

Die Jahrhunderte flogen an den beiden Zuschauern vorbei, sie waren nicht chronologisch geordnet, denn irgendwie geschieht alles zur selben Zeit. Alles geschieht jetzt und jetzt geschieht alles.

Es gibt Geister, deren Aufgabe ist es, die verlorenen Seelen zu finden und auf den richtigen Weg zu führen. Jedes Wesen hat seinen festen Platz im Gefüge des Seins und die Aufgabe dieser Geistwesen ist es, die Seelen wieder einzubringen in das Ganze, damit die Ordnung wieder hergestellt wird. Alle Seelen, die ihren Weg vor langer Zeit verlassen haben, sollen wieder zurückfinden, doch viele wissen einfach nicht, wohin sie zu gehen haben, sie haben ihren Weg irgendwann verloren, im Leben, wie auch hier.

Vor langer Zeit haben sie *ihm* geglaubt, haben *ihm* vertraut und sind *ihm* gefolgt. Es gab keine Prüfungen, keine Leben zu bestehen und keine Leiden. Es war ein schönes Leben, denn es war das wirkliche reine Leben. Doch eines Tages lehnte sich einer aus *seinem* treuen Gefolge gegen *ihn* auf, denn dieser eine wollte herrschen. Der Kampf, der entbrannte, war das Furchtbarste, was es je gegeben hatte. Die bis dahin vereinte Geisterwelt spaltete sich. Schließlich ließ *er* jeden gehen, der dem Abtrünnigen folgen wollte. *Er* wollte nicht mehr um die einzelnen Seelen kämpfen, sie mußten jetzt ihren Weg allein gehen und wollten sie zurück, so mußten sie *ihm* ihre Treue beweisen. Viele Seelen haben sich in diesem

Kampf schuldig gemacht und folgten dem Herrscher der Finsternis in sein neues Reich. *Er* hat ihn in seine Schranken verwiesen, aber viele Seelen waren verloren, denn sie folgten dem Herrscher der Finsternis und unterwarfen sich seinem Befehl. Aber der Herrscher des Lichts hat nie den Glauben aufgegeben, daß das Volk zu *ihm* zurückkehren wird. Viele haben es bereits getan, viele versuchen es noch immer. Die Liebe ist stärker als der Haß und deshalb wird eines Tages auch der Abtrünnige zu *ihm* kommen. Aber er wird als letzter zurückkommen, wenn sein Volk ihn verlassen und auch er eingesehen hat, daß die Finsternis keine Macht mehr über Menschen hat.

Doch bis dahin wird noch viel Zeit vergehen, Menschen werden leben und sterben und immer wieder auf den Weg des Lichts stoßen. Der Kampf tobt weiter, Tag für Tag, Jahrhundert für Jahrhundert, die Mächte des Guten und die Mächte des Bösen zerren an den Seelen und der freie Wille des Einzelnen wird entscheiden, zu welcher Seite er gehört. In diesem Zwischenreich gehören die Seelen niemandem, noch nicht einmal sich selbst. Sie werden beherrscht von Gedanken und Gefühlen, sind unfrei und gefangen in ihrem Dasein. Die Zwischenreiche sind nicht Himmel und nicht Hölle. Die Seelen verstecken sich in ihrer Scheinwelt und müssen herausgeholt werden, um ihren Weg weitergehen zu können. Menschen, die nicht gehen wollen von ihrer geliebten Welt, Menschen, die nicht wissen, daß ihr wahres Leben weitergeht. Es sind Wesen, die gebunden sind an ihre materielle Welt, aber nicht mehr dorthin gehören.

Die Bilder lösten sich langsam auf, die beiden Wanderer hatten genug gesehen. Ein Vorhang aus Blumen lag jetzt zwischen ihnen und einer neuen Welt, Davids Welt.

„Hier wirst du leben, bis du wieder andere Aufgaben übernehmen kannst", sagte Marlengos zu David. „Hinter diesem Vorhang beginnt dein Land. Viele sind hier, es ist eurer Erde sehr ähnlich, du wirst viel erkennen, aber sehr viel wird auch ganz neu für dich sein. Wenn du durch diesen Vorhang gehst, werde ich dich zunächst verlassen, Bekannte werden dich abholen und dir dein neues Leben zeigen."

Der sprechende Wald

Marlengos war verschwunden, aber seine Stimme schwebte im Raum und David spürte seine Nähe. Der Vorhang öffnete sich und ein wundervoller Vogelgesang begleitete ihn in seine neue Welt. In dieser Welt warteten seine Eltern, seine Geschwister, Verwandte und Bekannte. Es war ein freudiges Wiedersehen, voller Glück und Frieden. Selbst seine Frau nahm ihn in die Arme und er spürte ihre Vergebung, dann löste sie sich von ihm und verschwand aus seinem Blickfeld. Da beide spürten, daß sie nicht füreinander bestimmt waren, mußten sie auch nicht zusammenbleiben, sie trennten sich in Frieden und die Zukunft würde sie vielleicht wieder zusammenführen, um ihr gemeinsames Schicksal zu erfüllen. Sie werden dann endlich voneinander Abschied nehmen können, ohne sich erneut zu quälen. Davids Eltern und seine Geschwister führten ihn herum, alles war wunderschön, ganz wie auf der ihm bekannten Erde, aber alle Farben waren schöner, alles Helle heller und alles hatte einen feinen Glanz. Die Menschen trugen helle Kleidung, diese schien aus sich selbst heraus zu leuchten, Friede und Glückseligkeit durchfluteten ihn, wie er es auf Erden nie erlebt hatte. Jeder konnte gehen wohin er wollte, ein Gedanke genügte und schon war man woanders. Natürlich mußte man dieses auch erst erlernen, denn die Kräfte mußten richtig eingesetzt werden, aber David lernte es schnell. Er erfuhr, daß alle diejenigen Seelen, deren Fähigkeit zu lieben erwacht war, in dieses Land kamen. Einige hatten Umwege gemacht, so wie David auch, aber sie kamen schließlich alle in dieses Land. Es gab auch Seelen, die erst ein wenig Ruhe brauchten, diese kamen zunächst an einen geheimen Ort der Heilung, denn ihr Leben hatte sie so mitgenommen, daß sogar der jetzige Körper in Mitleidenschaft gezogen worden war. Erst nach ihrer Genesung kamen sie in die Städte und Dörfer oder wo auch immer sie leben wollten. Manch einer lebte am Wasser, andere im Wald, jeder so wie er es gern hatte, ohne Zwang, ohne Leid und ohne Ängste. David entschied sich für ein kleines Dorf, in dem auch seine Eltern und seine Geschwister lebten. Ein kleines Haus, direkt am See, denn das war schon immer sein Traum gewesen. Man ließ ihn in Ruhe, wenn er es wollte oder er machte Besuche, wenn ihm danach war. Sein kleiner schwarzer Hund, den er als Junge so geliebt hatte, war wieder bei ihm und zusammen durchwanderten sie Wälder und Wiesen, die er noch niemals so schön gesehen hatte. Bäume aller Klimazonen standen zusammen, Farne und Blumen, wunderbarer als es auf Erden je möglich gewesen wäre. Es gab keine Unordnung, keine unnatürliche Dichte, keine abgestorbenen Blätter und nichts, was dem Auge mißfallen hätte. Alles folgte einer unbekannten Gesetzmäßigkeit, nichts verwelkte, sondern alles wurde aus sich heraus erneuert, alte Pflanzen gab es einfach nicht. Die Sonne schien, ohne daß es zu heiß war, eine angenehme Wärme durchflutete alles und das Licht spendete Lebenskraft. Große herrliche Früchte konnte man genießen, mit jedem Biß in eine dieser Früchte nahm David die Kraft des Lebens in sich auf, eine Energie von unsagbarer Stärke. Alles war friedlich, David traf nur Menschen, die freundlich miteinander lebten, als wäre es nie anders gewesen, jede Rasse und jede Farbe war vertreten. Es gab nichts, was häßlich war, alles war ebenmäßig, schön und harmonierte miteinander. Keine Sprache trennte die Menschen voneinander, *Gottes* Kinder verstanden sich ohne Worte. Da waren Städte voller Musik, andere hatten den Sinn für Malerei, an manchen Orten wurde gesungen und getanzt und wer keine Städte mochte, ging aufs Land. Nachdem David alles in seiner neuen Umgebung ausgekundschaftet hatte, war seine

Neugier befriedigt und er wollte einige Zeit bei seinen Eltern verbringen. Sie freuten sich sehr über sein Erscheinen und alles war wie früher, als sein Leben noch in Ordnung war - ohne Probleme, die alles so schwierig gemacht hatten. Die Gefühle waren ehrlicher und tiefer als zu Lebzeiten, denn man konnte sich nichts mehr vormachen, alles war plötzlich so deutlich und so klar. David stellte unendlich viele Fragen und seine Eltern beantworteten sie so ausführlich wie möglich. Die Gespräche waren oft heiter und von viel Gelächter begleitet, oft aber auch sehr ernst, über Dinge, die seine Eltern belastet hatten.

„Weißt du, David, als ich hier ankam", sagte seine Mutter, „verstand ich gar nichts. Ich war immer in die Kirche geschickt worden, aber niemals habe ich gewußt, was mich nach dem Tod erwarten würde. Ich war ziemlich durcheinander und erst lange Zeit später fand ich mich zurecht, dein Vater und ich mußten dann zusehen, wie du dein Leben zerstörtest. Wir wollten dich warnen, wollten dir helfen, aber es gab keine Möglichkeit mit dir Kontakt aufzunehmen. Es ist furchtbar mit ansehen zu müssen, wie etwas falsch läuft und nicht eingreifen zu können."

„Wie konntet ihr mein Leben sehen? Ich konnte eures doch auch nicht sehen?" fragte David erstaunt.

„Es gibt Mittel und Wege Kontakt aufzunehmen, wir können euch dann sehen und die Farben um euch herum. Farben, die den Zustand der Seele und des Körpers zeigen, deine waren ungeordnet und wurden immer trüber, es zeigte uns, daß dein Lebenswille langsam erlosch. Es war nicht schön, dein Leid zu sehen, aber wir wußten ja, daß es hier für dich schöner werden würde. Wir wollten Kontakt zu dir aufnehmen, aber du hast uns nicht verstanden. Erinnerst du dich an deine Träume? Es war ein Traum, der über einen langen Zeitraum immer wieder auftrat."

„Ja, ich erinnere mich", antwortete David, „ich träumte von einem Ort mit vielen engen Gassen, am Ende einiger Straßen stand immer eine Frau in wehenden Gewändern und winkte mir zu, aber ich erreichte sie nie. Ich bin immer wieder rechts oder links eine Treppe hinunter gegangen, dann fand ich den Weg nicht mehr, der mich aus dem Ort herausführen konnte. Ich war zwischen lauter Häusern, alles eng und menschenleer, so wirr und beängstigend, daß ich in Panik geriet und jedesmal schweißgebadet erwachte."

„Die Frau war ich. Im Schlaf ist dein Bewußtsein mehr mit uns verbunden, als im Wachzustand und es erleichtert den Kontakt. Ich fühlte deine Nähe, da du viel an mich gedacht hast, diese Gedanken zeigten mir den Weg zu dir. Ich konnte sehen wie du auf Wanderschaft gingst, ein Teil von dir lag im Bett und schlief, der andere Teil begab sich in die Tiefen des Seins. Ich wollte dich daran hindern die Treppen hinunter zu gehen, in die Kälte und Dunkelheit. Lange war ich verzweifelt, aber ich mußte lernen, daß du keine Hilfe annehmen wolltest und daß du deine Fehler machen mußtest. Es war hart für mich. Jeder von uns ist ein Teil einer größeren Einheit und geht es einem kleinen Teil schlecht, so betrifft es die gesamte Gruppe. Dein Leid traf deshalb auch mich, deinen Vater und noch viele andere Wesen, die aufgrund dieser Seelengemeinschaft zu uns gehören. Aber dein Vater kann das viel besser erklären." Davids Vater lächelte.

„Ich werde es jedenfalls versuchen. Du als Mensch fühlst, daß du b i s t . Nicht nur du fühlst das, sondern auch jedes Tier, jede Pflanze und jede einzelne Zelle. Alle fühlen: ich b i n !

Denn überall ist Leben und Entwicklung. So bist auch du nur eine Zelle in einem größeren Ganzen, in einer sogenannten Seelengemeinschaft und diese wiederum ist auch nur eine Zelle in einem noch größeren Bewußtsein.

Es ist wie in deinem irdischen Körper, jedes einzelne Organ, jedes Blutkörperchen, jede Zelle und jedes Atom hat ein Ich-Bewußtsein. Es denkt, ich lebe, also bin ich. Das Herz denkt, ich arbeite, also bin ich. Jedes Organ in deinem Körper hat seine Aufgabe zu erfüllen, sie tun ihre Arbeit, weil es von ihnen verlangt wird, weil es ihre Bestimmung ist. Dein Bewußtsein steht in der Hierarchie über den vielen kleinen Bewußtseinsinhalten und jede noch so kleine Zelle ist für das Gleichgewicht nötig. Der Ausbruch einer einzigen Zelle genügt, um den gesamten Körper zu vernichten. Du wirst krank, weil eine einzige Zelle nicht mehr bereit ist ihre Arbeit zu tun, weil sie frei sein will von ihrer Verpflichtung. Da die Zelle zwar ihren Auftrag kennt, aber nichts über den Zusammenhang weiß, zerstört sie durch ihre Arbeitsverweigerung ihren Lebensraum, den Körper. Diese Zelle muß deshalb zur Ordnung gerufen werden, um den Körper zu retten. Wie im Kleinen so im Großen, das heißt, was für die kleinen Zellen im Körper gilt, hat auch für dich selbst Gültigkeit. Tanzt du aus der Reihe, gefährdest du das große Ganze, deshalb mußt auch du zur Ordnung gerufen und an deine Pflichten erinnert werden. Der Mensch muß leiden, damit er erkennt, wenn er etwas falsch macht und damit er erkennt, daß Gefahr von ihm ausgeht, daß er die Ordnung bedroht. Du hast denjenigen, die zu deiner Einheit gehören, durch dein Verhalten geschadet, denn du hast dich deiner Bestimmung widersetzt. Und das ist es, was uns ein wenig traurig und hilflos gemacht hat."

„Es ist alles so schwer zu begreifen, es ist alles so neu für mich", unterbrach David ihn.

„Ja, uns ging es nicht anders. Jedes Wesen, sei es noch so klein oder seltsam, hat seine notwendige Bedeutung in der diesseitigen und der jenseitigen Welt. Es gibt einen Ort, wo du deine Gedanken sammeln kannst und wo du einen Einblick in das große Ganze erhältst. Dort findest du einen Teil deiner Kindheit wieder, Kinder sind oft in ihrem Glauben viel dichter an der Wahrheit als die Erwachsenen. Ich habe dort gelernt, immer ein wenig Kind zu bleiben, zu glauben und zu hoffen. Es ist ein Wald mit unendlich alten Bäumen, es ist als wüßten sie alle Geheimnisse der Welt."

„Wo finde ich diesen Wald?" wollte David wissen.

„Er wird dich finden, wenn es deine Bestimmung ist."

Allein und nachdenklich verließ David an diesem Nachmittag seine Eltern. Er hatte längst nicht alles verstanden und glaubte sich einem Abgrund nahe, alles war so neu und so schwer zu verstehen.
´ Er wird dich finden .... er wird dich finden ´...
seine Gedanken drehten sich im Kreis.

Der Wald hatte ihn gefunden. Plötzlich stand David unter mächtigen Bäumen, sie schienen hunderte von Metern hoch zu sein, breiter und größer als er Bäume je gesehen hatte. Es war still und friedlich, nur die Blätter rauschten; David setzte sich am Fuße einer großen Eiche nieder, die schon viele tausend Jahre alt sein mochte. Er entspannte sich und lauschte der Stille. Je länger er dort saß, um so mehr verwandelte sich das Säuseln der Blätter in Wispern und Tuscheln. Die Bäume schienen in sehr langsamer Weise zu sprechen, kaum merklich, doch Davids Ohren gewöhnten sich mit der Zeit daran und andere Welten öffneten sich ihm . ...

Stelle Fragen, langsam, deutlich,
sag genau was du jetzt wünschst,
stell präzise deine Frage und die
Antwort kommt geschwind.
Gehe langsam wie wir Bäume bei
den Fragen vor und warte, bis wir

langsam diese Antwort geben dir
in deiner Sprache.
Morgen schon ist heute gestern.
Heute! Gestern war es morgen.
Gestern – heute – morgen –
Alles geschieht zur selben Zeit.
Wichtig ist nur wo du stehst
im Raume der Unendlichkeit.
Glaube, hoffe und verstehe,
gute Dinge werden wahr.
Hoffe, daß es immer bleibt,
verstehe, daß du ganz allein
deine kleine Welt dir schaffst
Glaube, hoffe und verstehe...
Glaube daß der *Herr* dich liebt,
so wie *er* hofft, daß du *ihn* liebst.
Verstehe, daß ihr beide eins,
getrennte Seelen gibt es nicht.
Du als Teil vom großen Ganzen,
bist ein kleines Rädchen nur,
doch dies Rädchen hat zu laufen,
sonst geht sie falsch die große Uhr.
Nichts ist unwichtig auf der Welt,
auch wenn es noch so klein.
Glaube, hoffe und verstehe,
halte deine Seele rein,
banne Haß aus deinem Herzen,
bleib als Rädchen grad nicht krumm.
Sonst bleibt womöglich eines Tages
das gesamte Uhrwerk stumm.

David wurde eins mit diesen Worten, sie drangen tief in
seine Seele. Ein großes Uhrwerk entstand vor ihm, alles
bewegte sich und er wurde in ein winziges kleines Rad

hineingezogen. Er war das Rad! Er drehte sich, drehte sich, drehte sich...

Neue Gedanken und alte Gedanken wurden zusammengeworfen zu einem neuen Denken, nichts war mehr von Bedeutung, nur seine kleine Aufgabe, sich zu drehen, war das wichtigste von der Welt. Er wurde sich klar darüber, daß alles so ist wie es ist und nichts umsonst sein kann. Wenn er jetzt aufhören würde sich zu drehen, würde die gesamte Maschinerie durcheinander geraten. Alles ist gewollt in diesem großen Traum des Lebens und nichts, aber auch rein gar nichts, ist unmöglich. Große Gedanken näherten sich ihm, Gedanken , die größer waren als ein kleines lächerliches Leben. Und doch ist es die Winzigkeit, die jedes Leben so wertvoll macht. Ist der Mensch nicht tatsächlich nur ein Winzling im großen Gefüge des Seins, im Rad des Schicksals? Ist er nicht unbedeutend klein und doch so groß? Nichts und Niemand ist unwichtig auf der Welt, hier wie dort...

Davids Bewußtsein löste sich vom Rad und schließlich vom Uhrwerk, er war wieder er selbst, aber reicher als zuvor, Gedanken bleiben und die Gedanken sind die Urkraft allen Seins..

.... G r o ß e G e i s t e r w a n d e l n h i e r ,
k l e i n e G e i s t e r n o c h v i e l m e h r .
F r a g m i c h k l e i n e s M e n s c h e n k i n d ,
R ä t s e l s A n t w o r t k o m m t g e s c h w i n d ...

David war zu verwirrt, um Fragen zu stellen. Das Erlebnis, das so real für ihn war, mußte erst verarbeitet werden. Eigentlich wußte er auch gar nicht so genau, wie er die Fragen formulieren sollte, selbst die Fragen schienen so unfaßbar zu sein wie die Antworten. Er konnte seine Gedanken nicht ordnen...

... Gedanken, die du hast gedacht
werden zu einer großen Macht.
Sie sind wie freie Energie,
zerstören kannst du sie nie.
Welche Macht du damit hast,
ist dir nie bewußt gewesen.
Du hast kleine Zinnsoldaten
in die große Welt geschickt.
Fleißig ihrem Auftrag folgend,
gehen sie ihren Weg und suchen
Gleichgesinnte ihrer Art.
Längst denkst du nicht mehr an sie,
doch sie wirken immer noch
tief im Innern eines Jeden,
drum denk Gutes nur im Leben...

Davids Gedanken waren nicht immer die besten gewesen und jetzt sah er sie marschieren, sie lebten selbständig und unabhängig von ihm weiter, denn Gedanken, als eine Form der Energie, können nicht verloren gehen. Sie setzen sich fort und bilden Schwingungen, erreichen andere Wesen und beeinflussen sie. Er sah wie seine Gedanken des Hasses, mit kleinen schwarzen Mützen und grimmigen Gesichtern, ihren Weg durch die Energierfelder des Lebens gingen. Sie klopften bei Menschen an und baten um Einlaß, manche schickten sie wieder fort, andere nahmen sie auf, ließen sich überzeugen und stellten ganze Heere zur Verfügung. Die Gedanken des Hasses wurden mehr und mehr. Doch David hatte auch gute Gedanken in seinem Leben abkommandiert, auch sie verbreiteten sich, aber wer den Kampf gewinnen würde, bleibt eine Frage der Zukunft. Er sah wie sie kämpften, einen ungleichen Kampf, so schien es. Der Haß, schwer bewaffnet und immer zu Greueltaten bereit.

Und die Liebe – nur ein Lächeln im Gesicht -. Und doch war es oft die Liebe, die siegte. Gegen die wahre Liebe war der Haß machtlos, er löste sich scheinbar auf. Fällt ein Lichtstrahl in ein dunkles Herz, hat die Finsternis keine Chance mehr, sie weicht nicht, aber ihre Macht ist vorbei. Welche Macht hat schon die Finsternis, wenn sie ins Licht kommt? Keine! Das Licht durchflutet alles. So wandelt sich auch der Haß und erweitert die lächelnde Macht. Der Kampf zwischen Gut und Böse, Millionen Jahre tobt er schon. Wird sich jemals etwas ändern? Wird eines über das andere siegen? Wer weiß das schon...

...L i e b e g e h t i h r e n W e g,
g e h e m i t i h r d e i n e n W e g.
E s w i r d a l l e s g u t i m L e b e n,
w e n n d i e L i e b e d i r g e g e b e n.
L i e b e i s t d i e H i m m e l s m a c h t,
h a t s c h o n v i e l e n G l ü c k g e b r a c h t..
H e l l e r l e u c h t e t s e i d e i n H e r z,
g e h e u n d v e r z e i h a u c h S c h m e r z...

David war plötzlich nicht mehr allein. Ein Elf hatte sich zu ihm gesetzt, ein Wesen, welches er nur aus Büchern seiner Kindheit kannte. Er glaubte zu träumen, doch es war alles andere als ein Traum und der Elf sprach ihn an: „Wärst du ein Kind, würde ich dir jetzt sagen, du seist in einem Zauberwald, aber als Erwachsener glaubt ihr es natürlich nicht mehr. Ihr glaubt ja noch nicht einmal was ihr seht.

Aber alles was du hier bisher erlebt hast, existiert!

Die Wesen aus euren Sagen, es gibt sie wirklich. Sie waren auch für euch Menschen einmal sichtbar, vor langer, langer Zeit. Als ihr noch mit Geistern, Gnomen und Elfen umgehen konntet, als ihr eure Sinne noch beisammen hattet. Wir sind Wesen aus einer anderen Dimension, aus einer feinstofflicheren Welt, als die der irdischen Gestalten. Deshalb kannst du mich auch jetzt erst sehen, nachdem du die grobstoffliche Erde verlassen hast und dein jetziger Körper diesen Schwingungen entspricht. Es gab Zeiten, da konnte die irdische Welt mit uns in Kontakt treten. Als unser Rat noch gefragt war, bevor die Menschen so ´ vernünftig ´ geworden sind. Einige Unvernünftige gibt es noch, einige wenige, die die Fähigkeit haben unsere Schwingungen zu empfangen. Aber ihr nehmt sie nicht ernst, ihr lacht sie aus und haltet sie für verrückt, nur weil die meisten uns nicht sehen können. Dabei haben diese einfach nur die Fähigkeit ´ zu sehen ´ verloren. Ihr macht es euch viel zu einfach!

Die Welt ist an die Realisten verloren gegangen und die sind blind und taub für die Wahrheit, immer nur mit Krieg und Macht, Zerstörung und Fortschritt beschäftigt. Da bleibt für uns kein Platz, viele von uns haben euch einfach aufgegeben. Ihr habt nicht genug Macht um irgendeinen Schaden für diese Welten anzurichten, also lassen wir euch in Ruhe und tun unsere Arbeit. Manchmal kommt einer von euch hier vorbei, die Vorsehung will es so, dann zeigen wir unsere Welt."
Der Elf seufzte und plötzlich tauchte hinter den Bäumen eine ganze Schar von Elfen auf, sie sangen ein Liedchen und die Melodie verzauberte David. Tanzend zogen sie an ihm vorbei.

„Elfen leben lange schon
in den Wäldern und am Haus.
Niemand sieht sie heute mehr,
doch sie gehen ein und aus.
Keiner will an sie mehr glauben,

keiner nimmt sie heute ernst.
Alle Menschen sollten lernen,
ihrer Hilfe zu vertrauen.
Elfen wollen immer helfen,
Elfen tun sich leicht damit.
Elfen gibt es viele Arten,
manche leben nur im Garten,
manche lieben Wälder sehr,
sie zu finden ist sehr schwer.
Drum sei leise, höre zu,
was der Wind dir neues bringt,
lausche, schweige, hasse nie,
werd´ ihr Freund und liebe sie.“

Der Gesang wurde leiser, die Menge verschwand zwischen den Bäumen. Wie ein Echo hallten die Worte in Davids Ohren. Gerade wollte er sich wieder seinem Besucher zuwenden, als ein großes Spektakel zu hören war. Viel kleinere Wesen, nicht so zart und zierlich wie die Elfen, kamen des Weges daher. Schimpfend und zankend folgten sie den Elfen, doch als sie David erblickten begannen sie ein Lied, auch dieses war schön, wenn auch nicht so klar und hell wie das Lied vorher.

„Oft sehen wir die Menschen,
doch die sehen leider nie.
Sie sind dumm und taub und blind,
das weiß bei uns schon jedes Kind.
Menschen werden wir nie lieben,
Menschen sind uns stets ein Greuel.
Gerne sehen wir die Menschen,
wenn sie zanken, streiten, schimpfen.
Alle sind so dumm geblieben,
Herr des Lebens weiß warum.
Hat doch stets der Mensch sein Leben

niemals richtig angefaßt
hat sich nur mit großen Sorgen
eine schlechte Welt verpaßt.
Niemals sind wir gerne dort,
doch der *Herr* von diesem Ort bittet,
daß wir immer helfen,
wenn ein Mensch gerät in Not.
Da wir tief in unserem Innern
lauter gute Seelen sind,
tun wir es, wenn auch nicht gerne,
folgen Elfen auf die Erde,
tun was uns befohlen wird.
Doch zum Ausgleich dürfen wir,
Menschen necken und erschrecken.
Manche Späße machen wir,
es macht uns froh sie auszuhecken.
Kobolde sind gute Wesen,
aber immer Kind geblieben.
Vernünftiges ist uns zuwider,
trotzdem tun wir´s hin und wieder.
Fleißig sein wie Elfen? – Nie! –
Stets arbeiten ist zuviel Müh`,
anderes erfreut uns mehr,
denn merke: oft war der Kobold am Werke,
wenn dem Menschen nichts gelingt.
Nur dort wo Menschen freundlich sind
und auch für uns´re Welt nicht blind,
da tun wir wie uns aufgetragen,
sind lieb und hilfreich an allen Tagen."

Gerne sah David die Horde verschwinden, sie waren nicht
so nett wie die Elfen. Aber auch sie hatten ihn
angelächelt, das konnte nur ein gutes Zeichen sein.
„Sie sind weg", sagte der Elf, „diese Bande ist harmlos.
Schlimmer sind die Trolle und viele andere

Elementarwesen der Erde. Sie verachten oft den Menschen und sind nicht gut auf ihn zu sprechen, denn der Mensch zerstört zuviel auf Erden, er macht die ganze Arbeit der Elementarwesen zunichte. Neben den Wesen der Erde gibt es Geschöpfe der Luft, des Wasser und des Feuers. Sie alle tun ihre Arbeit, bereiten alles vor, damit es auf der Erde dann in Erscheinung treten kann. Du mußt nämlich wissen, daß zunächst einmal alles hier existiert, erst dann manifestiert es sich auf Erden, es ist eigentlich ganz einfach. Ihr laßt ja auch zunächst etwas in Gedanken entstehen, bringt es aufs Papier und setzt es dann in die Tat um, ihr baut es. Das Modell könnt ihr wieder zerstören, wenn es euch nicht gefällt, aber die Idee als solche kann nicht vernichtet werden. Nichts anderes geschieht hier. Ihr vernichtet ständig die Modelle der Elementarwesen, das verärgert sie natürlich. Sie bringen Blumen zum blühen, lassen die prächtigsten Farben entstehen und die schönsten Formen, sie bringen Bäume zum wachsen und alles lebt und dient dem Leben... aber der Mensch...?

Er könnte als einziges Wesen mit einem freien Willen, so unendlich viel bewirken, wenn er mit der Natur arbeiten würde, nicht immer dagegen. Aber wie ich schon sagte, der Mensch kann nicht wirklich zerstören, denn die Idee und damit diese Welt, bleibt bestehen, denn alles ist unsterblich wie deine Seele auch. Aber ich möchte euch Menschen mal erleben, wenn ihr mit viel Mühe etwas entwickelt und baut und dann kommt jemand daher und zerstört es einfach wieder. Das ist doch ärgerlich!

Im Menschen sind alle Prinzipien der Elemente vereint. Euch könnten alle Naturgeister unterstehen, denn sie vertreten jeweils nur ein Element, sie wären euch deshalb unterstellt, denn ihr seid sehr mächtige Geschöpfe. Das wäre auch *sein* Wille, denn *er* hat euch mit dieser Macht ausgestattet. Aber ihr habt diese Macht mißbraucht, werdet geleitet von niedrigen Beweggründen, habt keine Ahnung was das Leben wirklich ist und macht euch eure Untertanen zum Feind. Ihr macht alles falsch, was man nur falsch machen kann. Lebewesen, die euch unterstehen, wir Tiere und Pflanzen, werden nicht gehegt und gepflegt, sondern versklavt, gequält und ausgerottet. Ihr macht nicht einmal vor eurer eigenen Art halt! Und die Elementarwesen werden sogar einfach ignoriert, als gäbe es sie nicht. Es ist also kein Wunder, wenn alle euch die Mitarbeit verweigern, deshalb gibt es keine Harmonie und wird es auch nie geben, es sei denn ihr ändert euch. Einige wenige Menschen hören auf die Ratschläge der Naturgeister, dort gedeiht die Natur, alles blüht und wächst.

Alles hat eine Seele. Jeder Baum und jeder Strauch. Aber geht ihr darauf ein? Ihr bezweifelt sogar die Existenz eurer eigenen Seele! Was hat der freie Wille nur aus euch gemacht?

Es sind schon viele Menschen hier gewesen, was wohl aus ihnen geworden ist?" Nachdenklich machte der Elf eine kleine Pause, dann fuhr er fort:

„Alles hier hat seine Ordnung, es gibt nur vollendete Pflanzen und alles ist ohne Makel. Wir haben hier Wesen, die es längst nicht mehr in eurer Welt gibt oder sie es dort nie gegeben hat, sie leben hier und sind glücklich.

Der Mensch will mehr als dies hier, ihr wollt zu eurem Ursprung zurück, also werdet ihr leiden müssen, ihr seid weit von eurem Weg abgekommen...

Es wird Zeit, daß wir gehen, wir werden erwartet."

David verstand nicht alles, was der Elf sagte, aber er dachte nicht weiter darüber nach. Er genoß das Rauschen der Blätter in den Bäumen, den Gesang der Vögel und die

Sonnenstrahlen, die sich ihren Weg durch die Äste zum Boden suchten. Alles wuchs wie es wollte, aber es gab keine Unordnung. Jede Pflanze hatte ihren Platz, ohne ihn einer anderen streitig zu machen. Sie erneuerten sich ständig, es gab nichts altes oder abgestorbenes, alles strahlte Lebenskraft aus, wuchs kräftig und stark.

David und der Elf erreichten eine Lichtung, sehr hell erschien dieser Platz und in der Mitte stand der größte und schönste Baum, den je ein Mensch gesehen hatte, die Bäume um ihn herum hielten gebührend Abstand und schienen sich vor Ehrfurcht zu verneigen.

„Das ist der älteste Baum der Erde", erklärte der Elf, „unendlich alt und auf der Erde schon längst vergessen."

Nichts an diesem Baum war alt, in seiner majestätischen Größe strahlte er eine Faszination aus, die David fast in die Knie zwang und je näher sie dem Baum kamen, um so mächtiger wurde er. Man würde unendlich lange Zeit brauchen ihn zu umrunden oder um die Krone zu erklimmen, es war als führe er direkt in den Himmel.

„Hier leben die Elfen. Ich werde uns jetzt anmelden und dich bald wieder abholen."

Der Elf verschwand und David war allein. Er setzte sich auf den Boden, spielte mit der Frucht dieses Baumes und überlegte, wohin seine Reise wohl als nächstes gehen würde. Plötzlich stupste ihn etwas weiches, warmes an. Es war die Nase eines weißen, pferdeähnlichen Geschöpfes mit einem gedrehten Horn auf der Stirn und irgendwie erwartete David, daß dieses Tier mit ihm sprechen würde, das tat es aber nicht. Er fühlte die Gutmütigkeit und Liebe, die von ihm ausging, seine sanften Augen sahen tief in David hinein und verzauberten ihn. Das Tier drehte sich schließlich langsam um und ging auf eine Herde zu, die aus hunderten von diesen Einhörnern bestand. Es gab Zeiten, da konnte man die Einhörner sehen, wie die Elfen.

Das ist schon lange vorbei, aber diese Wesen, an denen *er* sich erfreut, werden auf immer weiter existieren. Sie gehören zu den schönsten und reinsten Tieren, die es je gegeben hat und die es je geben wird, sie sind frei von jeglicher Bösartigkeit und leben allein durch ihre Liebe, denn Liebe ist unvergänglich. Sie lieben alles und jeden, sind sanft und edel, sie strahlen eine Kraft aus, die nicht zu beschreiben ist. Langsam und ohne Eile verließen sie die Lichtung, um sich auf eine freie Ebene zu begeben, wo sie ihre Schnelligkeit unter Beweis stellen konnten. Sie sind schneller als jedes andere Tier unter der Sonne, niemals werden sie von irgendeinem anderen Wesen an Geschwindigkeit übertroffen werden. Wie eine riesengroße, weiße Welle preschen sie über das Land, nur aus Freude darüber, daß sie sind, das Herz eines jeden jubelt beim Anblick eines solchen Schauspiels. Es ist an Schönheit und Eleganz nicht mehr zu überbieten und oft lassen sie Elfen auf sich reiten, dann gibt es ein fröhliches Lachen und Singen. David war fasziniert von diesen Erscheinungen. Seine Liebe und Ehrfurcht zu allem hier war unermeßlich groß, er fühlte sich klein, unbedeutend und glaubte, niemals soviel Liebe ausstrahlen zu können, wie er sie hier erleben durfte. Es erschreckte ihn fast, daß Lebewesen soviel Liebe geben konnten, es zeigte ihm in aller Deutlichkeit, wieviel er noch zu lernen hatte. Voller Demut beobachtete er die Wesen und war gefangen von ihrem Anblick.

„Die Wesen, denen du nachschaust, waren niemals aggressiv. Sie haben immer nur lieben wollen, deshalb gab es für sie auch keinen Platz auf der Erde, sie gehörten dort nicht hin, in eine Welt voller Gewalt. Den Menschen durften solche Geschöpfe nicht ausgeliefert sein, deshalb leben sie hier auf der Ebene der Elfen, um ihnen den Frieden zu erhalten, der ihnen zusteht. Ich hörte, es gibt auch Menschen, die diese Liebe ausstrahlen, ich hätte sie gerne einmal kennengelernt. Die meisten denken leider nur an sich und respektieren keine anderen Lebensformen als gleichrangig neben sich, sie haben noch nicht einmal Respekt vor der Erde. Dabei braucht die alte Dame nur einmal tief durchzuatmen und sich zu schütteln, der Mensch wäre für immer von ihrer Oberfläche verschwunden. Noch hat sie viel Geduld bewiesen, aber wie lange wird sie das alles noch ertragen und erdulden? Aber ich will nicht ungerecht sein, es gibt wirklich viele Menschen, die begonnen haben der guten Seite zu dienen, das Heer wird größer und größer."

Ein Elf von unglaublicher Schönheit stand vor David. Sein Haar leuchtete wie die Sonne und seine Gestalt war von einem weißen, strahlendem Glanz umgeben, die Stimme war voll Trauer, aber auch er wußte, daß alles so zu geschehen hatte wie es geschah.

„Ich weiß nicht, warum du hier bist", fuhr er fort, „warum ein Sterblicher diesen Teil des Landes betreten darf, aber es wird schon seinen Grund haben und ich werde mich nicht dagegen stellen. Es waren vor dir schon Menschen hier, sie waren genauso beeindruckt wie du, was aus ihnen geworden ist, weiß ich nicht, aber es hat sicher seinen Sinn."

„Ich kann mir denken, was aus ihnen geworden ist", antwortete David ihm. „Einige von ihnen haben Geschichten geschrieben über euch und euer Land, alte Weisheiten aus längst vergangener Zeit, damit man sich immer daran erinnert. Aber wenn das hier alles Wirklichkeit ist, dann ist jede alte Geschichte ein Teil der Wahrheit! Ich habe als Kind gerne solche Dinge gelesen, man ist wohl als Kind der Wahrheit wirklich viel näher. Die Erwachsenen sind so sehr in ihrer eigenen Welt gefangen, daß kein Raum mehr bleibt, für dieses alles hier."

„Schön, daß es Menschen gibt, die von uns erzählen. Vielleicht wird eines Tages alles wieder gut. Komm! Ich zeige dir den Baum des Lebens, nimm meine Hand und folge mir."

David ergriff seine Hand und beide wirbelten wie Blätter im Wind durch die Luft und standen schließlich in einer Halle, hoch oben im Baum, beeindruckend groß war alles und rundherum waren zauberhafte Schnitzereien aus Holz. Eine Decke gab es nicht, man sah direkt in den blauen Himmel und in der Mitte des Platzes war eine Wendeltreppe aus glitzernden Sternen. Sie ging hinauf zu einem in allen Farben leuchtenden Regenbogen, der in der Unendlichkeit des Himmels verschwand.

„Dort geht es hinauf in eine andere Sphäre. Hüte dich davor sie zu betreten, du würdest die strahlende Helligkeit nicht ertragen. Versuche nicht die Treppe zu erklimmen, ihre Wächter würden es sofort verhindern und du müßtest diesen Wald verlassen. Der Wald hat dir erlaubt ihn zu betreten und seine Bewohner kennenzulernen, aber halte dich an seine Gebote, tue nur das, was man dir ausdrücklich gestattet. Ich sage dir das alles, weil schon andere versucht haben, dort hinauf zu gelangen, sie haben der Verlockung nicht widerstehen können. Die Wächter sind grauenhafte Wesen, zwar Wesen des Lichts, aber dennoch furchtbar. Sie erfüllen ihre Aufgabe und lassen niemanden durch, dessen Licht nicht hell genug ist. Und deines ist es noch nicht!"

„Woher weiß ich, wann ich die Treppe betreten darf?"

„Du wirst es wissen, wenn es soweit ist. Höre auf deine innere Stimme."

David versuchte diese Stimme zu finden, aber er hörte nichts. Und weil er nichts hörte, spürte er, daß dieses auch eine Antwort war - er durfte dort nicht hinauf und er würde es auch nicht tun. Zwar traf ihn diese Erkenntnis sehr hart, aber er wollte der Versuchung widerstehen. Die Sehnsucht hinaufzugehen war groß, die Neugier wollte sich hinwegsetzen über das Verbot, aber er würde dem höheren Willen folgen, das nahm er sich ganz fest vor. Es waren inzwischen noch andere Elfen gekommen, Tiere begleiteten sie, manche von merkwürdiger Gestalt, aber auch Tiere, die David kannte, Bewohner des Waldes. Er hätte gerne einige Zeit hier verbracht, aber eine unbestimmte Unruhe erfaßte ihn, das Gefühl wieder fort zu müssen. Er blickte noch einmal zur Wendeltreppe, die ihn fast aufforderte, sie zu betreten. Sein Wunsch es zu tun war grenzenlos, vielleicht sollte er es doch versuchen, heimlich, wenn es keiner bemerkte...

Die Feier hatte begonnen, Gesang und Tanz waren eingezogen in die ehrwürdige Halle und Davids Blicke trafen ab und zu die seines Gastgebers. Der Elf konnte in Davids Seele lesen, was in ihm vorging, so sah er auch seinen Wunsch und den verzweifelten Kampf, den er mit sich führte.
´ Er wird es versuchen ´, dachte der Elf bei sich. ´ Er wird es versuchen und er wird seine Grenzen kennenlernen und sehen, daß nicht alles nach seinem Willen geht. ´
Der Elf konnte verstehen, daß David diesen Wunsch hatte, alle Menschen hatten diesen Wunsch, aber die Wächter der Treppe waren unbestechlich und es wäre ihm lieber gewesen, wenn seine Warnung angekommen wäre. Er würde noch einmal mit ihm sprechen müssen...
In einem günstigen Augenblick ging er deshalb auf David zu und nahm ihn zur Seite.
"Ich möchte noch etwas sagen, bevor das Fest zuende ist. Das Licht ist stärker, als alles was du kennst. Der Herrscher des Lichts ist reine Liebe und *er* hat euch geschaffen als *seine* Ebenbilder mit einem freien Willen, denn Befehlsempfänger will *er* nicht. Aber *er* möchte

wissen, wer zu *ihm* hält und wer freiwillig zu *ihm* zurückkommt. Und zwar endgültig! *Er* will es nicht riskieren, daß ihr wieder davonlauft, wenn eine andere Macht ruft, eine Macht, die euch nur schaden kann. *Er* ist alles was ist, *er* wird dir helfen, wann immer du Hilfe brauchst, lerne lieben so wie *er*, *seine* Gebote und Verbote dienen immer deinem Schutz und deiner Entwicklung. Auch andere Mächte haben Einfluß auf dich, sie haben große Macht, aber glaube mir, ihre Macht ist vergänglich. Sie werden versuchen, dich auf die dunkle Seite zu locken, erkenne dieses und widersetze dich ihnen."

Der Rest des Abends verlief ruhig und voller Freude, David vergaß für kurze Zeit sein Verlangen. Die Menge verschwand so plötzlich wie sie gekommen war. Die Nacht brach an und David bekam seinen Schlafplatz zugewiesen, auch wenn er hier nicht müde war, so diente ihm der Schlaf dazu Energie aufzunehmen, so wie er durch das Essen von Früchten Energie bekam und das tat ihm gut. Aber David fand keine Ruhe, seine Gedanken ließen ihm keine Ruhe, immer und immer wieder wollten sie ihn bewegen, die Treppe aufzusuchen und hinaufzusteigen. Er wurde gequält mit diesen Gedanken, zwei Wesen in ihm kämpften um den Sieg, der eine wollte das Verbot akzeptieren, der andere hatte den Wunsch zu gehen; die halbe Nacht kämpfte David mit sich, dann gewann die Sehnsucht, das Geheimnisvolle zu erkunden.
Er sah sich um, niemand war zu sehen, niemand folgte ihm, er würde die Stufen hinaufsteigen... er mußte es einfach tun!
´ Tue es nicht ´, dachte der Elf, ´ tue es nicht ´ .
David erreichte die Treppe, er nahm seinen ganzen Mut zusammen und setzte einen Fuß auf die unterste Stufe.

Tausend Augen beobachtetet ihn, hier war niemand allein! David hörte nicht die verzweifelten Seufzer und sah nicht, wie die Wesen des Waldes den Kopf schüttelten.

Nichts geschah! Weich legte sich das Sternenlicht um seinen Fuß, ein verlockendes ´ geh weiter ´ kreiste in Davids Kopf und er stieg langsam höher und höher in die verbotene Ebene hinauf. Da nichts geschah, wuchs sein Mut, der Mut überwand die Vorsicht und dadurch überhörte er das leise, kaum wahrnehmbare, schwache Stimmchen, das so laut es konnte rief: ´Geh nicht weiter! ´ Ein Hauch von Angst überkam ihn, aber er ging weiter. Gerade hatte er die Spitze des Baumes erreicht und glaubte am Ziel zu sein... als plötzlich ein furchtbares Geschöpf den Weg versperrte!

Ein Untier aus Sagenwelt schwebte über seinem Kopf, kein Laut war zu hören und für die Dauer einer Ewigkeit starrten sie einander an... Mit jeder Sekunde wuchs Davids Angst, eine Angst, die er noch nie zuvor so stark gefühlt hatte. Mit seiner Angst wuchs die Grauenhaftigkeit dieses Wesen, die Lichter seiner Augen wurden heller und heller, das Licht wurde für David immer unerträglicher, so unerträglich schließlich, daß David einen Schrei der Verzweiflung ausstieß. Der Wächter des Lichts kannte kein Erbarmen, unter entsetzlichem Getöse fiel er über David her, packte ihn und schien ihn in Stücke reißen zu wollen. David hatte die Angst in ihm als Warnung nicht ernst genommen, denn die Angst sollte ihm bei Gefahr dienen. Doch jetzt kehrte sie sich gegen ihn, denn er hatte sie als Freund mißachtet, nun wurde sie sein Feind. David beherrschte die Angst nicht mehr, sie beherrschte ihn, er verlor vollkommen die Kontrolle über sich, die Angst machte ihn fast wahnsinnig. Die Bestie war überall, sie kam von allen Seiten, wohin er auch entfliehen wollte, dieses Wesen war schon da, als käme es aus David selbst und kannte alle seine Gedanken. Der Kampf war von vornherein aussichtslos für David, er wurde von der Krone des Baumes geschleudert und fiel hunderte Meter in die Tiefe...

Während er fiel hörte er eine Stimme: "Versuche niemals wieder gegen dein Gewissen zu handeln, die Wächter sind überall, denn du führst sie mit dir!"

Der Sturz erinnerte David an seine schlimmsten Alpträume und zu Lebzeiten war er vor dem Aufprall immer aus seinen Träumen erwacht. Diesmal aber glaubte er am Boden zu zerschmettern, obwohl das absolut unmöglich war.

Er fand sich schließlich am Fuße der großen Eiche wieder, unter die er sich setzte, nachdem er den Wald betreten hatte. Hatte er das alles nur geträumt oder war es Wirklichkeit? Es war alles so real und doch kam es ihm wie ein Traum vor, eine Antwort fand er nicht. Er wollte nur so schnell wir möglich diesen Wald verlassen, deshalb sprang er auf und rannte so schnell er konnte davon...

tausend Augen folgten ihm...

Lichtwesen

Einige Zeit verging, Davids Leben verlief wieder ruhig, ohne daß große Dinge geschahen. Auch seine Eltern konnten ihm keine Antwort auf seine Fragen geben, so ein Monster, wie er es kennengelernt hatte, war ihnen nie begegnet. Sie meinten, so gräßliche Wesen gäbe es in diesem Reich nicht, warum sollte es auch Ungeheuer geben, sie waren doch nur geeignet Unfrieden und Angst zu bringen, aber hier war Frieden und Glück. Man müßte die Lichtwesen fragen, meinten sie. Bald sei wieder ihre Zeit, sie sind Boten des Lichts und wunderschön anzusehen, sie strahlten vollkommene Liebe aus und sie wußten alles, sicher könnten sie erklären, was geschehen war.

Hoffnungsvoll wartete David von nun an auf ihr Eintreffen, er hörte das erste Mal von ihnen und sie machten ihn neugierig. Eines Tages war es dann soweit.

Alle, die das Bedürfnis hatten dieses Treffen mitzuerleben, gingen an einen heiligen Ort, er lag am Ende einer großen Stadt. Viele Menschen waren erschienen, David hatte noch nie so viele Wesen auf einmal gesehen. Der heilige Ort war eine, sich bis zum Horizont erstreckende Wiese, farbenprächtige Blumen bildeten wundersame Zeichen. In der Mitte des Platzes stand eine Pyramide aus Kristall und die Menschen verteilten sich um sie, aber wo auch immer sie standen, niemand konnte in das Innere der Pyramide sehen. Die Pyramide würde sie vor dem hellen Licht schützen, hieß es, denn diese Lichtwesen seien so rein und so hell, daß Sterbliche ihre Nähe nicht ertragen konnten.

Alle knieten, wie auf ein gemeinsames Wort hin, nieder und begannen eine Melodie zu summen, Glocken stimmten ein von irgendwo. Das Summen wurde ergänzt von hellem Gesang, aber es waren keine Worte, jeder konnte in dieses Lied, das wie ein Gebet wirkte, einstimmen. Es versetzte jeden einzelnen in eine absolut friedliche Stimmung, ruhig und gleichmäßig verzauberte die Melodie die Menschen und einer Beschwörung gleich, wiederholte sie sich, um auch die letzte Seele zu erreichen. Die Pyramide begann zu leuchten, erst schwach, dann immer stärker, ein helles Licht und doch konnte man es ertragen, die Pyramide schien sich aufzulösen.

Und dann war das Lichtwesen da. Man konnte es nicht sehen, aber jeder fühlte seine Nähe, das Licht umschloß alle und absoluter Frieden legte sich über die große Gemeinde. Das Wesen stimmte mit sanfter, warmer Stimme in den Gesang ein, niemand konnte sagen, ob es männlich oder weiblich war, es schien beides in sich zu vereinen. Vollkommenheit und Ewigkeit strahlte es aus, es gab keine einzelne Seelen mehr, alle waren zusammengerückt und jeder Teil des anderen. Jetzt verstand David, was es bedeutete, Teil eines größeren Ganzen zu sein. Jeder konnte die Seele des anderen spüren und verstehen, jeder hatte Fehler gemacht, doch nichts davon hatte im Moment irgendeine Bedeutung. Tränen und Schmerz waren vergessen, geheilt von Qual und Leid. David fühlte nur noch Geborgenheit, nichts machte ihm Angst und jeder der Anwesenden war ihm vertraut. Denn sie alle gehörten zusammen, seit Jahrtausenden zusammengeschweißt durch gemeinsame Erlebnisse oder gleiche Gedanken, sie waren eine seelische Einheit. Die Wesen des Lichts haben die Aufgabe eine Gemeinschaft zu schaffen, die einzelnen

Seelen von ihrer Unruhe und Suche zu erlösen und ihnen zu zeigen, wohin sie gehören, seit Anbeginn ihres Seins. Sie geben den Seelen einen kurzen Einblick in das, was sie verloren haben, damit sie es nicht vergessen und sich immer dorthin sehnen, denn sie sollen wieder zurückfinden zu ihrem Ursprung. Gern erfüllen die Lichtwesen ihre Aufgaben, denn sie selbst sind Teil einer noch größeren Einheit und sie wollen dafür Sorge tragen, daß alle dazugehören. Die Liebe wird weitergegeben, vom Großen zu den kleinen Einheiten, jeder soll lernen, was Liebe ist und was sie vermag. Sie würden eines Tages die reine Liebe erleben, eines Tages, wenn sie alle ihren Weg gegangen sind, der gegangen werden muß. Jeder der Anwesenden war voller Tatendrang und Vitalität, ihre Körper bestehend aus Licht und ihr Wissen erworben in Jahrtausenden. Das Lichtwesen begann:

„Es ist das Recht eines Jeden unsterblich zu sein. Die Unsterblichkeit aber betrifft die Seele, nicht den irdischen Körper. Der Körper ist das Haus, er wird gebraucht für bestimmte Dinge und wenn er seinen Zweck erfüllt hat, legt man ihn wieder ab. Der irdische Körper zerfällt und wird wieder zu den Elementen, aus denen er geformt wurde, so wie die Seele, als wahres Selbst, wieder in ihre Welt zurückkehrt. Einige Zeit der Besinnung folgt, einige Zeit des Lernens, dann wird ein neues Haus gebaut, ein Erdenkind wird geboren, wächst auf und schafft sich seine Welt, nach seinem Plan. Nun wird es Zeit an neue Aufgaben heranzugehen, es sind Aufgaben, die sich die Seele in dieser Welt selbst gestellt hat, um eine Treppe höher steigen zu können.

Jedes Leben ist einer Schulklasse gleich und wer es nicht schafft, wird sie wiederholen. Wer es schafft, wird in eine neue Klasse versetzt, ein neues Leben mit neuen Aufgaben, immer ein kleiner Schritt nach vorne. Alles geschieht, weil es geschehen muß, die Welt dreht sich bis dieses nicht mehr nötig ist. Die Erde wird eines Tages vergehen, die Sterne, die es jetzt gibt, werden verschwunden sein. Aber für die Seele wird es immer wieder eine neue Heimat geben, ein anderer Planet vielleicht, ein anderes Sternensystem. So geht es immerfort, von Zeitalter zu Zeitalter, von Ewigkeit zu Ewigkeit. Niemand weiß, ob es sich jemals ändern wird. Es hängt von jedem einzelnen ab, solange, bis jeder, der sich abgewendet hat von der Wahrheit, wieder zurückgefunden hat und erst dann wird wieder Frieden sein. Einige Jahrtausende werden noch vergehen, denn das Lernen geht langsam, mit jedem Leben können neue Fehler gemacht werden und jedem Fehler folgt unausweichlich die Notwendigkeit, ihn zu korrigieren.

Ihr wolltet den Weg der Erkenntnis gehen – nun geht ihn auch! Und geht ihn bis ans Ende... mit allen Konsequenzen. Mit Leid und Glück, mit Krieg und Frieden. Erkennt, was gut und was böse ist, erkennt wohin ihr gehört und kehrt nicht auf halbem Wege um, denn ihr seid noch lange nicht am Ziel. Lehnt nicht ein weiteres Leben ab, denn nur dort könnt ihr am schnellsten lernen.

Ein Leben ist nur ein kurzer Traum, so wie ihr träumt, wenn ihr lebt. Ein Traum kommt euch unendlich lang vor, solange ihr ihn erlebt und doch ist es nur eine kurze Zeitspanne. Geht euren Weg, auch wenn er oft beschwerlich und grausam ist, auch wenn ihr glaubt, nie ans Ziel zu kommen, geht euren Weg, ihr werdet ans Ziel kommen. Erkennt, daß euch niemand diese Aufgabe abnehmen kann, jeder muß für sich allein die Wahrheit finden. Erkennt, wann ihr etwas ändern könnt und wann nicht. Ändert es, wenn ihr es könnt, aber ertragt es, wenn es nicht geändert werden kann. Erkennt eure Fehler, verachtet sie nicht, nehmt sie an und wandelt sie um in die Wahrheit. Jeder Fehler, der als Fehler erkannt wird, führt euch auf den richtigen Weg. Nehmt die Probleme an, die euch in den Weg gelegt werden, weicht ihnen nicht aus, denn sie kommen wieder, mit doppelter Heftigkeit. Wachst über euch selbst hinaus, werdet stark und immer stärker, prüft euer Handeln und fragt euch jeden Tag, ob ihr vor euch bestehen könnt. Die Liebe, die ihr hier erfahren habt, gebt weiter, sie soll euer Handeln bestimmen."

Liebe und Zufriedenheit legte sich über die Anwesenden und David war froh, dabeisein zu dürfen, eine Sehnsucht erfaßte ihn, der Wunsch für immer in dieser Liebe eingeschlossen zu sein. Und wieder stellte er sich die Frage, warum er die Treppe nicht erklimmen durfte... das Lichtwesen verstand. Mit der Liebe des ganzen Universums sprach es zu David:
"Du hast deine Grenzen erfahren. Sie waren schmerzlich und unverständlich für dich. Wieso kann ein *Gott*, der soviel Liebe geben will, solche gräßlichen Wesen erschaffen? Wesen, wie die Wächter des Lichts.
Er hat sie nicht erschaffen. Du warst es selbst und es war gut so. Du hast gelernt, daß deine Gedanken ein eigenständiges Dasein führen, sie vermehren sich und formieren sich schließlich zu etwas größerem, zu eben diesen Wächtern. Dein schlechtes Gewissen erzeugte Angst, denn in der Tiefe deiner Seele wußtest du, daß du nicht reif warst für den nächsten Schritt ins Licht, du hättest die Helligkeit nicht ertragen und als Schutz für dich, aber auch als Schutz für die höheren Sphären, mußtest du gehindert werden einen Weg zu gehen, den du noch nicht zu gehen imstande warst. Dein Gewissen hatte dich gewarnt, aber du hast es einfach ignoriert. Dieses gräßliche Wesen hast du selbst erschaffen, es wird

deshalb immer in deiner Nähe sein. Jederzeit kannst du es aus seinem Tiefschlaf zum Leben erwecken, immer dann, wenn du dieses Wesen brauchst, um dein Verhalten zu korrigieren. Folge deshalb deinem Gewissen und du wirst frei sein von diesem Wesen, denn es wird schlafen... eines Tages für immer.

In deinem irdischen Leben hat dir ein solches Wesen gefehlt, dort gab es andere Zeichen, die schwerer zu verstehen waren. Deine Gedanken kommen immer wieder zu dir zurück, du triffst auf sie, ob du es willst oder nicht, in dieser wie in der sterblichen Welt. Es ist ein absolutes Gesetz. Nichts geht verloren, nichts bleibt ungesühnt. Manchmal folgt die Reaktion sofort, so wie es hier meist der Fall ist; im irdischen Leben folgt die Reaktion manchmal erst im folgenden Leben. Es hängt vom Plan der Schöpfung ab, alles ist wieder bei dir, wenn es an der Zeit ist. Vergiß das nie! Niemand anderer ist schuld an dem was dir geschieht, nur du allein.

Nun seid alle gegrüßt, ich werde wiederkommen."

Jeder empfand Frieden und zehrte lange davon. David hätte gern etwas von diesem Gefühl an andere Menschen weitergegeben, die es nicht kannten, weil er glaubte, daß jeder dies einfach mal erleben mußte. Die Versammlung löste sich langsam auf und jeder ging seinen Interessen nach, aber alle hatten einen Hauch von Liebe in sich, etwas, das sie mit sich tragen konnten wie einen kostbaren Juwel, etwas, das ihr Handeln bestimmen würde.

In der darauffolgenden Zeit ging David viel allein spazieren, er dachte an sein vergangenes Leben, das er, wie er jetzt fand, lieblos verbracht hatte, so nutzlos und überflüssig kam es ihm jetzt vor. Was hatte dieses Leben für einen Sinn gehabt? Hatte er diese Liebe jemals gespürt oder jemals jemandem entgegengebracht? So in

Gedanken, führte ihn schließlich etwas an einen für ihn fremden Ort.

Lichter im Schatten

David betrat eine Höhle, die so zauberhaft war, daß er alles andere vergaß. Funkelnde Steine und Zapfen aus Eis glitzerten in unzähligen Farben und spiegelten sich in einem See, in der Mitte dieses Ortes. Es war ein prächtiges Farbenspiel und David hörte feine Glockenklänge, als würden tausend kleine Glöckchen im Wind spielen, zart und liebevoll verzauberten sie ihn mit ihren Tönen. Vier weiße Katzen kamen aus den Felswänden hervor, davon strichen drei um seine Beine und ließen sich streicheln. Sie waren erfreut über sein Kommen und umschmeichelten ihn sehr, nur die vierte beäugte ihn argwöhnisch aus sicherer Entfernung, dabei funkelten ihre grünen Augen wie Saphire und keine Sekunde ließ sie ihn unbeobachtet.

„Du magst mich wohl nicht?" sprach David die mißtrauische Katze an. „Na ja, man kann nicht jeden mögen. Ich mag dich trotzdem, auch wenn es dir nicht gefällt."

Lange Zeit saß David schweigend da und sah sich in der Höhle um. Die drei anschmiegsamen Katzen schnurrten vor Vergnügen und hatten sich bei ihm niedergelassen, die vierte aber blieb stumm und wartete auf Dinge, die da kommen sollten. Sie las in den Tiefen seiner Seele wie in einem Buch, Seite um Seite, alles legte sich ihr zu Füßen. Sie mochte keine Erdenmenschen. Als hohes Geistwesen, wie sie eines war, hatte sie einmal den Wunsch gehabt, als Katze zu den Menschen zu gehen, es war unendlich lange her und die Erfahrungen waren mehr als schlecht, die Erinnerung daran machte sie traurig. Nun sah sie, daß ihre drei Freunde ihn mochten, auch sie fühlte Gutes in ihm und ihre Züge entspannten sich, dichter Nebel bedeckte nun den Boden der Höhle. Er sammelte sich bei ihr, bis sie sich aufzulösen schien und als der Nebel verschwand war auch sie verschwunden.

Eine wunderschöne Frau stand vor David. Lange weiße Haare wie aus Seide, die Augen leuchtend grün und der Körper, groß und schlank, war verhüllt von einem Kleid aus glänzendem weißem Gewebe. Eine Lichthülle umgab sie, denn die helle Macht des Lichts war ihr Beschützer. „Also gut, da die Katzen dich mögen, werde ich dir helfen. Ich bin Eleia, die Hirtin des Lichts. Du willst also wissen, wer du wirklich bist?"
David war erstaunt. Nein, er wollte es nicht wissen... oder wollte er es? War er auf der Suche nach sich selbst? Er wollte doch nur hinauf dürfen...
„Dafür mußt du wissen, wer du bist", unterbrach Eleia seine Gedanken, „ob der, der du warst - der, der du jetzt bist - und der der du sein wirst, würdig ist, diese Sphäre zu verlassen. Meine Aufgabe ist es, dir dein letztes Leben zu zeigen. Alles weitere liegt nicht in meiner Macht."
„Mein letztes Leben? Das kenne ich, es hat nichts getaugt, ich will darüber nichts mehr hören."
„Sei still! Du weißt ja nicht, was du sagst. Jedes Leben taugt etwas, du hast ja nicht nur Schlechtes aufzuweisen, sonst wärst du gar nicht hier. Ich muß dir die guten Seiten deine Lebens aufzeigen, so ist es mir bestimmt. Marlengos hat dich hart angefaßt, das ist seine Pflicht und ich kann dann immer sehen, wie ich die seelischen Krüppel wieder aufrichte. Nun denn, es soll geschehen, er macht seine Arbeit und ich meine, wir haben es uns so ausgesucht. Komm´, setze dich zu mir ans Wasser. Wir wollen sehen, welche Lichter in deinem Schattenleben zu finden sind."

Beide ließen sich auf silbrigglänzenden Steinen nieder. Eleia fuhr mit der Hand über das klare schillernde Naß, sofort verdunkelte es sich und wie ein schwarzes Loch stand das Wasser lange Zeit still. Es schien, als würde der See Lichter in seinem Dunkeln suchen und David dachte schon, der See würde keine finden, als er sich plötzlich aufhellte.

Verschwommen entstand ein Kinderzimmer, David erkannte seine Wiege und fühlte wie seine Seele die Gefühle der Vergangenheit freigab und sie in Bilder verwandelte. Diese Bilder waren nicht in dem See, sondern in ihm selbst. Der See war nur ein Spiegel, der es ihm ermöglichte alles zu sehen. Und er erlebte alles neu, mit all den Gefühlen, mit all dem vergangenen Sein. Er wurde zu einem hilflosen Baby, sehr wohl und behaglich war ihm, ein Gefühl, das er vollkommen vergessen hatte. Er sah die sanften Augen seiner Mutter und fühlte die Strenge seines Vaters, beide hatten sich dieses Kind gewünscht, für sie war er ihr Glücksstern. Sein Bettchen war warm und mollig, er fühlte keine Angst, nur Zufriedenheit umgab ihn. Die Liebe, die seine Eltern für ihn empfanden, sprang auf ihn über, sie war wie eine unsichtbare Brücke zwischen diesen drei Menschen.

„Du warst ein braves Kind." Eleia holte David aus der vergangenen Welt zurück, die doch so gegenwärtig für ihn war. „Ich wußte, daß da Gutes sein mußte."

„Als Kind ist man immer lieb, das ist kein Verdienst für mich", widersprach David, denn Eleia überzeugte ihn nicht.

„Das ist nicht wahr! Es gibt Kinder, die wollen nicht geboren werden; sie machen ihren Eltern das Leben zur Hölle. Andere wieder fühlen, daß ihre Eltern sie nicht gewollt haben, auch das macht eine Beziehung furchtbar anstrengend. Die einen werden gezwungen zu leben, die anderen wollen, aber sind nicht erwünscht. Es ist ein Irrglaube, die Babys würden das nicht wissen. Die kleinen Seelchen haben das Land der Seelen gerade erst verlassen, so daß ihre Erinnerung daran noch nicht ganz ausgelöscht ist. Da sie sich die Familie und deren Umstände ausgesucht haben, wissen sie alles. Diese Erinnerungen verblassen sehr schnell, aber in ihrer Seele ist alles gespeichert, dadurch wird das Leben geprägt.

Es ist übrigens kein Widerspruch, wenn ich zum einen sage, daß die Seele sich ihre Familie ausgesucht hat und zum anderen behaupte, sie wird gezwungen zu leben. Sie muß leben, um sich zu entwickeln, um ihr Karma zu erfüllen. Sie muß Probleme bewältigen, die ihr bei der Geburt in die Wiege gelegt werden, sie sind von Anfang an da und begleiten ihr Leben. In dieser Welt sieht sie zwar ein, nochmals leben zu müssen, sie ist auch bereit dazu, das bedeutet aber nicht, daß sie es auch gern tut. Sie will ihre Situation verbessern und dies zwingt sie dazu, ein Leben auf sich zu nehmen. Du siehst, es ist kein Widerspruch, sondern eine zusammenhängende Notwendigkeit. Die Seelen warten hier auf die passende Gelegenheit, auf das passende Leben und springen dann, wenn auch nicht gerne, in das kalte Wasser. Manche Seelen haben plötzlich Angst vor diesem Sprung ins Leben und weil sie das kurz nach der Geburt erkennen, ziehen sie sich zurück, sie sterben einfach wieder. Das ist für alle Beteiligten ausgesprochen tragisch. Aber die Seele geht einfach wieder dorthin, wo sie glücklich war und versucht es später oft noch einmal, meist sucht sie sich dann eine einfachere Lebenssituation aus. Es kann aber auch sein, daß die Seele durch diesen kurzen Ausflug ins Leben bereits ihr Ziel erreicht hat, auch das ist möglich und sollte von allen akzeptiert werden. Die meisten aber müssen länger leben, um ihre Aufgaben zu erfüllen.

Du wolltest leben, du hattest dir etwas vorgenommen und hast deinen Eltern viel Freude gemacht."

Bilder seiner Kinderzeit zogen an ihm vorbei, alles glückliche Begebenheiten, die er schon vergessen hatte, es tat ihm gut, dieses alles zu sehen und erneut zu spüren. Zum Beispiel seinen ersten Geburtstag mit einer Kerze auf der Torte. Mit großen Augen sah er das Lichtlein brennen, ein großer bunter Ball kullerte herum und David jauchzte vor Vergnügen. Und so flogen die Jahre vorbei. Schöne Jahre, schöne Erinnerungen.

Erinnerungen, die mehr waren als Gedankenfetzen, aneinandergereiht ergaben sie ein kleines glückliches Leben. Doch dann, kurz nachdem er sechs Jahre alt geworden war, brachen die Bilder ab. Der See lag wieder dunkel vor ihm, in David entstand ein Gefühl von bitterem Verlust.

Eleia erklärte ihm, daß der See nur Schönes zeige, unangenehme Erinnerungen spiegelten sich nicht, aber sie würden trotzdem in jedem selbst vorhanden sein, unauslöschlich, sie gehörten wie kleine Teile zu dem großen Puzzle des Lebens.

Im ersten Moment wußte David mit dem Gefühl nichts anzufangen. Er war doch noch so klein und die Bilder wollten sich ihm nicht zeigen. Plötzlich aber brachen die Gefühle wieder auf, alles fiel ihm wieder ein.

Seine Eltern liebten ihn nicht mehr! Sie hatten sich ein neues Baby geholt. Ihn wollten sie nicht mehr! Tagsüber schickten sie ihn in die Schule, damit sie ihn nicht mehr sehen mußten und um mit dem neuen Baby allein sein zu können. Er haßte die Schule, er haßte seine Eltern und vor allem haßte er das kleine Kind, dem er alle Schuld gab. Er war bitter enttäuscht und so verletzt. Warum hatten sie ihm das angetan? Die Wut auf seine Eltern und auf seinen kleinen Bruder wurde grenzenlos. Und dann diese Gemeinheit, ihn fortzuschicken, in die Schule. Fremde Kinder, kein richtiges Zuhause mehr und das

Gefühl furchtbar allein zu sein. Er wollte weglaufen, seine Eltern würden ihn sowieso nicht vermissen.

In tiefer Trauer und Einsamkeit rannte er davon, den ganzen Tag war er fort und die ganze Nacht, es war eine furchtbar kalte Nacht. Als man ihn schließlich fand, war er mehr tot als lebendig. Sein kleiner Körper war nicht abgehärtet genug, um mit der Kälte fertig zu werden und die folgende Lungenentzündung ließ ihn tagelang zwischen Leben und Tod schweben. Seine Mutter weinte viel in diesen Tagen, denn seine Eltern hatten ihn immer geliebt und konnten sein Verhalten nicht verstehen. Erst jetzt, nach so vielen Jahrzehnten, spürte David den Schmerz, die Trauer und die Angst um ihn. Er fühlte nun die Folgen und er sah ein, daß es nicht richtig gewesen war. David nahm sich vor, alles wieder gutzumachen... irgendwann. Seine Eifersucht und sein Haß hatten ihn blind gemacht, so daß er die Wahrheit, die Liebe seiner Eltern, nicht sehen konnte. Sein Selbstmitleid hatte ihm fast den Tod gebracht, damals schon, als er noch so klein war. Wie ein roter Faden zogen sich Gefühle wie Selbstmitleid, Haß und Eifersucht durch sein Leben, um zu lernen damit umzugehen und sie zu überwinden, aber er hatte es auch als Erwachsener nicht geschafft. Sein Leben lang nicht...

„Siehst du", sagte Eleia, „du willst hinauf zu *ihm*. Aber dort reicht ein Gedanke aus, um eine Welt zu erschaffen, der kleinste Gedanke an Haß wird eine Welt voll Haß schaffen, das darf nicht zugelassen werden. Haß gehört zu deinem Leben, so wie die Liebe dazugehört, aber solange dein Haß Gefühle der Zerstörung hervorruft und du zerstörst, was du eigentlich liebst, gibt es keinen Weg für dich hinauf. Je mehr Haß in dir ist, um so mehr Liebe mußt du als Gegenkraft aufbringen, denn du mußt ein

Gleichgewicht schaffen. Erst wenn Haß und Liebe eins sind, dann ist es gut."

„Aber ich habe die Gedanken kämpfen sehen, die Liebe gegen den Haß. Wenn sie zusammengehören, warum kämpfen sie dann gegeneinander?" wollte David wissen.

„Deine Frage kann ich nicht beantworten, ich bin nicht allwissend, auch wenn ich vieles weiß... Ich denke mir, daß du sie zum kämpfen ausgeschickt hast. Sie tun was du ihnen befiehlst, denn sie sind noch kleinere Lebenseinheiten als du, wenn du nicht weißt, was die Wahrheit ist, wie sollen es die kleinen Energieteilchen wissen? Die ´guten Gedanken´ werden ausgeschickt um die ´bösen´ zu bekämpfen. Aber was ist gut und was ist böse? Das entscheidet doch jeder einzelne, der seine Truppen aussendet. Tausend Menschen, tausend Meinungen und jeder glaubt im Recht zu sein. Gut ist doch nur das, was du dafür hältst, ein anderer kann anderer Meinung sein. Alles kann gut und alles kann böse sein, eine Entscheidung steht uns nicht zu. Solange jeder versucht für das Gute zu kämpfen, wird es den Kampf geben, immer und immer wieder. Ich kann nicht beurteilen, ob es sinnvoll ist, das zu tun. Wahrscheinlich hat es einen Sinn, wie alles einen Sinn hat. Auch in dieser Sphäre gibt es den Kampf noch, nur ganz oben, bei *ihm*, ist es vorbei. Wie du siehst, kann ich dir deine Frage nicht zu deiner vollen Zufriedenheit beantworten, sie liegt nicht in meinem Aufgabenbereich. Was gut in deinem Leben war, entscheidet hier der See, nicht ich. Der See steht in Verbindung mit dem Licht, meine Aufgabe ist es nur, dir zu ermöglichen, daß der See zu dir spricht."

Es erschienen wieder neue Bilder im See, David sah wie sich alle um ihn bemühten und wie er wieder glücklich wurde, sogar seinen kleinen Bruder schloß er ins Herz. Die Jahre flogen an ihm vorbei, alles gute Erinnerungen.

Weitere Geschwister, seine Eltern und schließlich sein kleiner Hund. Ihm rettete David das Leben, er zog ihn aus den eisigen Fluten und pflegte ihn gesund. Er wurde sein bester Freund, war überall dabei und tröstete ihn, wenn er einmal traurig war. Es waren die glücklichsten Jahre seines Lebens. Dann war der See plötzlich wieder schwarz und Davids Seele dunkel, wieder war da dieses Gefühl von Verlust und Einsamkeit.

Sein kleiner Freund war tot. Unendliche Trauer verfolgte ihn lange, er wußte ja nicht, daß er ihn eines Tages wiedersehen würde. Er suchte Trost bei seinen Freunden, doch die verstanden ihn nicht, sie hatten andere Interessen und gingen eigene Wege. David fand nie einen wirklichen Freund, immer wenn er glaubte, einen gefunden zu haben, wurde er belogen und schwer enttäuscht. Das Leben fing an, ihn hart zu machen, unbarmherzig und berechnend. Immer seltener siegte die Barmherzigkeit, immer seltener zeigte der See Bilder aus seiner Vergangenheit. So zeigten sich Bilder, wenn er aus Mitleid einem Bettler ein paar Groschen zuwarf oder einer hungrigen Taube ein paar Brotkrumen.

Mitleid, so sagte Eleia, sei die Fähigkeit mit anderen mitleiden zu können, wenn man das nicht mehr kann, hat man sich bereits der dunklen Macht unterworfen.

David hatte trotz allem noch Mitleid oder vielleicht gerade deshalb... weil er selbst wußte, was Leid war? Mitleid und Selbstmitleid liegen dicht zusammen, auch wenn die Beweggründe andere sind. Einmal half er einem kleinen Mädchen wieder auf die Beine, es war gestolpert und niemand blieb stehen. Alle hatten es furchtbar eilig, nur David tröstete das Kind und trocknete seine Tränen und nun spürte er ihre tiefe Dankbarkeit. Und er erkannte das Mädchen, es war niemand anderes als Mary, ausgerechnet Mary! David lächelte, sie brauchte also schon damals jemanden, der ihr auf die Füße half, es schien sich nie irgend etwas zu ändern im Lauf der Dinge. Wie wohl ihr Leben weitergegangen war? Der See zeigte auch die Beziehung zu einem Freund, eine Zeitlang gingen sie durch dick und dünn. Aber immer wieder unterbrach der See seine Erzählung und schwieg in tiefer Dunkelheit und David wußte warum. David fand es nun gar nicht mehr sportlich und spannend, anderen die Freundinnen auszuspannen. Zwar war sein Freund genauso, aber das machte die eigene Tat nicht besser. An die Mädchen hatten sie dabei überhaupt nicht gedacht, sie waren nicht mehr als ein nettes Spielzeug. Aber schließlich fand jeder die Frau seines Lebens, das eine Spiel war vorbei, ein anderes begann.

Davids Ehe war anfangs vorbildlich, der See zeigte die schönsten Erinnerungen und David wurde erfaßt von dem Gefühl der Zufriedenheit. Erfolg im Beruf, eine schöne Frau und schließlich der Sohn, den er sich so sehr gewünscht hatte. Dieses Leben gab ihm den nötigen Halt, als seine Eltern kurz nacheinander starben und er wieder dieses Gefühl von Verlust spürte, wieder war etwas unwiderruflich für ihn vorbei.

Ein paar wunderbare Jahre folgten noch, der See zauberte alles noch einmal hervor, David war ein guter Ehemann und ein guter Vater. Doch dann, nachdem auch dieses Spiel seinen Reiz verloren hatte, wurde der See schwarz wie die Nacht und nicht mehr hell. Davids Untergang hatte begonnen.

Seine Eifersucht, sein Neid und sein Egoismus nahmen ihn wieder gefangen, dieses machte eine andere Entwicklung unmöglich. Und da er es nicht als Gefahr erkannte, könnte er sich auch nicht dagegen schützen. Er neidete seinem Freund den Erfolg, denn dieser war immer ein wenig besser als er selbst. Schließlich wurde ein guter Posten frei und beide wollten ihn haben. David schaffte es, daß sein Freund ihn nicht bekam, er schaffte es sogar, daß sein Freund die Firma verlassen mußte. Davids angewandten Mittel waren mehr als schäbig. Jetzt, als er spürte, was er angerichtet hatte und fühlte, was andere empfanden, zerriß es ihn fast. Zu Lebzeiten wußte er nicht, was aus seinem Freund geworden war, weil es ihn einfach nicht interessierte. Hätte es etwas geändert, wenn er es gewußt hätte? Wohl kaum... Er hatte die Existenz und die Ehe seines Freundes zerstört und schließlich sogar seinen Tod verursacht. Ja, er war die Ursache für alles was danach geschah, er allein war schuld. Er konnte diese Bilder nicht in dem See sehen, denn er zeigte solche Dinge nicht, aber David wußte plötzlich einfach was geschehen war und es war entsetzlich für ihn. Dies alles wäre nicht geschehen, wenn er sich anders verhalten hätte, doch nun war es zu spät. Schließlich zerstörte er auch seine eigene Ehe, seine Frau verließ ihn mit seinem Sohn, die Welt erschien ihm ungerecht und er begann sich seinen Kummer von der Seele zu trinken. Er hörte nicht wieder auf, verlor seine Arbeit, seine Bekannten und sein bester Freund war schließlich nur noch die Flasche. Er starb einsam und voller Selbstmitleid.

Nun war David gefangen von der Qual der Menschen, denen er Leid zugefügt hatte. Er spürte die qualvollen Fragen seines Sohnes, der ihn so gebraucht hätte, der so einsam war, wie er selbst als Kind. Warum hatte er das alles nicht gesehen? Warum hatte er sich immer nur für sich und seine Belange interessiert, die Probleme der anderen aber nie bemerkt? Dabei hatte er doch solche Menschen immer verachtet und nun sah er, daß er selbst nicht besser war. Ab sofort würde er das ändern.

Es stand für David fest, daß die Lichter im Schatten seines Lebens nicht hell genug waren, um den Weg ins Licht weitergehen zu können. Er würde noch einmal auf die Erde zurückkehren, um die Klasse zu wiederholen.

„Aber wie mache ich es besser, wenn ich in meinem nächsten Leben all das hier wieder vergessen habe?" wollte David wissen.

„Tief in dir weißt du alles. Auch wer du wirklich bist. Ich weiß es jetzt...", antwortete Eleia.

Mit diesen geheimnisvollen Worten stand sie lächelnd auf, drehte sich um und verschwand in der Felswand.

Bibliothek der Vergangenheit

Viel Zeit verging, David stellte sich immer wieder die Frage, wer er nun eigentlich wirklich war. Das, was er bisher von sich kannte, konnte doch nicht alles sein. Irgendwo mußte doch alles einmal begonnen haben und wo würde es enden?
Allein auf die Frage, welche Aufgaben er sich in seiner letzten Existenz gestellt hatte, wußte er keine Antwort. Man lebt doch, um etwas bestimmtes damit zu erreichen, das vergangene Leben konnte er doch unmöglich so geplant haben. Es mußte auch darauf eine Antwort geben. Irgendjemand mußte seinen Lebensplan kennen, irgendwo standen die Antworten auf seine Fragen. Ihm schien es, als sei alles in ihm blockiert, er wußte die Antworten, aber er kam nicht an sie heran, jemand oder etwas ließ es nicht zu.

David durchwanderte eine, sich bis zum Horizont erstreckende Wiese, sie hatte keinen Anfang und nahm kein Ende. Aber jemand hatte Mitleid mit ihm, sah, daß es ihm ernst war und wem es wirklich ernst ist, dem wird geholfen werden, hier wie dort. So wichen plötzlich die Blumen zur Seite, immer ein paar Meter vor David, ein schmaler Weg entstand und deutete ihm eine Richtung an. David erkannte diesen Hinweis und folgte dem Pfad bis zu einer großen Treppe aus kaltem, weißem Marmor. Er stieg die Stufen hinauf, eine nach der anderen, die Treppe nahm kein Ende, immer weiter führte sie ihn ins Ungewisse. Schließlich erreichte er ein wunderschönes Tor, der Eingang zu einem weißen Tempel aus Marmor, so gigantisch wie es sich kaum jemand vorstellen konnte.

Das Tor war verschlossen und so sehr David auch suchte, er fand keine Möglichkeit es zu öffnen. David dachte sich schon, daß man nicht so einfach in diesen Tempel hineingehen konnte, offensichtlich mußte etwas dafür getan werden. Nach genauerem Hinsehen entdeckte er eine Inschrift an der Tür:

NUR EIN BUCH IST FÜR DICH BESTIMMT
VON DENEN DIE HIER SIND, MEIN KIND.
NICHT ZUKUNFT UND NICHT GEGENWART,
SAG MIR WELCHEN NAMEN ICH HAB`

David haßte Rätselraten und auch das schien jemand zu wissen, aber wenn er hinein wollte, mußte er das Rätsel wohl lösen.

´ Wenn etwas nicht Zukunft und nicht Gegenwart war, dann mußte es die Vergangenheit sein, das ist ganz einfach ´ , dachte David, ´ also weiter. Nur ein Buch ist für mich bestimmt... demnach sind noch andere Bücher da. Viele Bücher sind Literatur, Literatur und Vergangenheit? So nennt man kein Gebäude. Tempel der Vergangenheit? Nicht schlecht. ´ Also rief David:
„Tempel der Vergangenheit!"
Nichts geschah, dabei fühlte David, daß er ganz nah an der Lösung war.
´ Tempel war es nicht, hatte ja auch nichts mit Büchern zu tun, vielleicht war Bücherei gemeint ´, überlegte David und versuchte es noch einmal:
„Bücherei der Vergangenheit!"
Wieder nichts.
´ Wie ärgerlich, nun bin ich so weit gekommen und bekomme die Tür nicht auf ´, dachte David, er war ein wenig ungeduldig, denn Geduld war nicht gerade seine Stärke und auch das schien jemand zu wissen.
´ Eine Bücherei nennt man doch auch noch anders. ´
"Bibliothek der Vergangenheit!"

Ein helles Lachen erklang um ihn herum, es war ihm so vertraut, es war so glockenhell...

Das Tor öffnete sich und David betrat eine von sanftem Kerzenschein durchflutete Halle. Ein weißer Altar stand mitten im Raum, darauf lag ein großes dickes Buch, es hatte einen weinroten Einband und mit goldenen Buchstaben stand geschrieben:

DAVID

Würde er hier finden, was er suchte? Die Antworten auf seine vielen Fragen? Wie von Geisterhand öffnete sich das Buch und zunächst langsam, dann immer schneller, schlugen die Seiten um. Viele hundert Seiten, bis es schließlich innehielt. Die Seiten waren goldglänzend und flimmerten. Es sah aus als lebte das Buch, als würde es atmen, es war nicht wie die Bücher, die David kannte. Erst entstanden Buchstaben, dann Worte, schließlich ganze Sätze und in einer ungeheuren Geschwindigkeit flogen die Seiten nun wieder an David vorbei, und er verstand alles, erlebte alles noch einmal, schon längst vergangen und dennoch so gegenwärtig. Sein letztes Leben war aufgezeichnet, aber nicht nur das, was er schon wußte, sondern auch die Gründe, die ihn bewogen hatten dieses Leben zu wagen. Die Dinge, die er erfuhr, erstaunten ihn sehr, denn er hatte gar nicht so viel falsch gemacht, vieles war geplant gewesen. So war es geplant, daß seine Frau ihn verlassen mußte, sie sollten nicht ein Leben lang zusammenbleiben. Er hatte leiden zu lernen, um zu erfahren, was er ihr in einigen Leben angetan hatte. War es ihre Rache? Nein, dort stand, es war ausgleichende Gerechtigkeit. Er selbst hatte es so gewollt und sie hatte dem zugestimmt, damit sie sich endlich voneinander lösen konnten und damit das Band zwischen ihnen zerschnitten werden konnte. Denn sie gehörten nicht zusammen, sie sollten nur voneinander lernen. Gelitten hatte er, aber er sollte auch loszulassen lernen und verzeihen. Losgelassen hatte er sie nicht, denn er hatte sie lange Zeit gehaßt und wer haßt läßt nicht los. Nach seinem Lebensplan wäre er sogar wieder glücklich geworden und hätte seinem Sohn noch ein guter Vater sein können... das zumindest war mißglückt, sein Sohn kannte ihn nur als Säufer und verachtete ihn. Und sein Freund? Was für eine Beziehung bestand zwischen David und ihm, aus diesem Leben ging das nicht hervor. David erfuhr, daß einem nie mehr aufgebürdet wird im Leben, als man ertragen kann. Er hätte das alles ertragen können, denn es war nur ein winziges Leiden im Vergleich zu anderen.

Aber warum sollte er überhaupt leiden? Was war geschehen in den vergangenen Jahrhunderten? Die Seiten des Buches blätterten zurück, unzählige Leben hatte er schon gelebt. Er konnte kaum fassen, was er alles getan haben sollte und doch fühlte er, es war die Wahrheit. Denn bei allem, was sich ihm offenbarte, erinnerte er sich und er durchlebte alles neu, er fühlte nicht nur das, was er damals gefühlt hatte, sondern gleichzeitig spürte er die Gefühle der anderen Beteiligten.

Ein paar seiner Leben waren bedeutend für die Beziehung zwischen ihm und seiner letzten Frau. Sie war einmal seine Dienstmagd gewesen und er war Aristokrat, irgendwo in Deutschland im 18. Jahrhundert. David hatte ihr viel Leid angetan bis sie schließlich aus Verzweiflung ins Wasser ging, sie war gerade erst achtzehn Jahre alt. Und immer wieder ging es um Neid, Egoismus und Eifersucht. Er erlebte immer wieder solche Lebenssituationen, um die Gefahr zu begreifen, die von diesen Gefühlen ausging und er sollte lernen damit umzugehen. So war es auch in seinem Leben im Mittelalter, als er ein Ritter war und sie seine Frau. Als sie ihn betrog, brachte er sie und ihren Liebhaber um. Der damalige Liebhaber war sein Freund aus dem letzten Leben, da war also der Zusammenhang, den er gesucht hatte. Sein Freund und seine Frau hatten Leid auf sich genommen, um ihre Schuld abzutragen, denn ihr Betrug geschah nicht aus Liebe zueinander, sondern es war reine Begierde. Es erklärte Davids Eifersucht in seinem vorherigen Leben, denn immer wenn er beide zusammen sah, war er eifersüchtig, dabei gab es keinen Grund.

Gefühle und Ängste haben also irgendwo ihren Ursprung, auch wenn er lange zurückliegen mochte. David las, er fand kein Ende und er begann zu verstehen, Jahrhunderte waren vergangen und er hatte so viel gelernt. Keines seiner Leben war umsonst gewesen. Sein barbarisches Denken, welches lange seine Existenz beherrschte, war zu einem sozialen geworden und Probleme wurden nicht mehr mit physischer Gewalt gelöst. Er hatte längst nicht alles im Griff, aber er war schon viel erfahrener, als in den Anfängen seiner Leben. Er würde weiter lernen, denn das war der einzige Weg. Noch nie hatte er in diesem Buch gelesen, obwohl es für ihn seit langer Zeit bereit lag, aber er hatte bisher nicht den Weg gefunden zu diesem Buch, er hatte sich nie irgendwelche Fragen gestellt oder an sich gezweifelt. Das hatte ihm sein letztes Leben immerhin eingebracht – tiefes Verständnis für die Zusammenhänge des Seins.

Wie würde wohl sein künftiges Leben aussehen? Konnte er es selbst bestimmen oder würde es ihm von einer fremden Macht diktiert werden? Niemand konnte sagen wie lange David in dem Tempel stand, denn Zeit spielt keine Rolle für den, der sucht und auch für David hatte sie keine Bedeutung mehr.

Nun wollte er alles wissen, jede Station seines Daseins. Gierig nahm er jede Information auf und er wußte, daß er alles erlebt hatte. Er würde nicht eher ruhen, bis ihm alles klar war, bis er nicht mehr auf der Suche nach Antworten war. Jetzt verstand er, warum er Angst hatte auf einem Berg zu stehen und in den Abgrund zu sehen. Er wußte nun, warum seine Nerven vibrierten, wenn er ein Messer in der Hand hielt. Alle Geschehnisse waren gespeichert in ihm und lösten Gefühle aus wie Angst, Wut, Verzweiflung.

Er war irgendwann einmal abgestürzt, hatte irgendwann einmal die Kontrolle über sich verloren und jemanden erstochen. Diese Dinge würden gespeichert bleiben und dienten der Lösung weiterer Probleme oder besser gesagt, sie dienten der Lösung alter, sich wiederholender Probleme. Tief in ihm war die Lösung verborgen, nur der Schleier des Vergessens verbarg sie, dieser Schleier mußte sein, um sich nicht völlig in der Unendlichkeit zu verlieren. Seine Ängste und seine Wünsche, alles hatte seinen Sinn. Seine Gefühle, seine Sehnsüchte, alles waren Teile eines großen Puzzles... das gigantische Puzzle seiner Existenz.

Er liebte irische Musik, jetzt wußte er, daß er einmal in Irland glücklich gewesen war. Er mied die Farbe blau, nun sah David, daß er ein furchtbares Leben als Soldat in blauer Uniform erleben mußte. Das Dasein war ein ständiges Auf und Ab. Leben – sterben – leben – sterben, so wie er ein- und ausatmete, so wie die Nacht dem Tag wich, so wechselte auch sein Dasein zwischen Hier und Drüben.

Es gibt keinen Stillstand – niemals!

Auch die Natur atmet ein und aus, Welten entstehen und vergehen, aber nichts, rein gar nichts geht verloren. Selbst sein kleines Leben war gespeichert im Buch des Lebens, jeder Gedanke, jedes Gefühl, alles lag vor ihm, dabei wurde nichts beschönigt und nichts verheimlicht. Ihm blieb nur die Flucht nach vorn, er mußte mit seiner Vergangenheit leben, er würde sie immer mit sich tragen, kommende Ereignisse stützen sich auf die vergangenen. Nichts ist abgeschlossen, alles ist im Fluß und geht in das nächste Dasein über und niemand kann bei Null anfangen in einem neuen Leben, denn alles hat seinen Ursprung irgendwann bereits gehabt und eine Kette von Reaktionen hervorgerufen. Mit dem Minus auf dem Lebenskonto kommt man auf die Welt und man muß seine Schulden bezahlen, auf Heller und Pfennig. Es bleibt einem nichts erspart, Tausende von Jahren waren bereits vergangen und er hatte immer noch Schulden. Er wollte sie endlich abtragen und er wollte wissen, wie sie entstanden waren, er mußte den Ursprung finden.

Die Seiten blätterten weiter zurück, immer weiter...
Die Worte wurden verschwommen, sie verweigerten ihm die Einsicht und so fand er viele Seiten nichts. Bis er auf ein Bild stieß, das Bild einer Frau. Eine Frau, die während der ganzen Leben nicht aufgetaucht war. Er fühlte, daß er eins war mit diesem Wesen. Sie war seine fehlende Hälfte, nur beide zusammen waren eins, so wie es von allem zwei Seiten gab, galt dies auch für den Menschen. Zwei Seelen, die zusammen eine sind, jeder ist immer auf der Suche nach seiner fehlenden Hälfte. Irgendwo wartete sie auf David... Dana! Und er hörte ihre Stimme:
„Ein Teil von mir wird immer bei dir sein, ich werde dir helfen, wann immer ich kann und wenn du ganz nah bist, sende ich dir ein Rätsel. Dann ist die Zeit nicht mehr fern und wir werden uns wiedersehen.“

Da war wieder dieses helle Lachen – wie David sich nach dieser Stimme sehnte, es war so lange her...

Aber noch war die Zeit nicht gekommen. Dana wartete schon so lange, sie wartete in einer Zeit, die Vergangenheit für David war, aber gleichzeitig seine Zukunft sein würde. Wieder einmal kam ihm in den Sinn, alles auf einmal bezahlen zu wollen. Aber was hätte das für ihn bedeutet? Viel Leid vielleicht, aber er würde das mit Sicherheit nicht allein entscheiden können. David mußte sich Hilfe suchen, es mußte jemanden geben, der ihm den Lebensplan zusammenstellen konnte und plötzlich wußte er, daß ihm zur richtigen Zeit die richtige Hilfe zuteil werden würde. Und er wußte auch, daß da noch etwas war, tief in seiner Vergangenheit, die Wurzel allen Übels. Die Ursache für diesen scheinbar endlosen Kreislauf, denn die Ursache hatte er noch nicht herausgefunden, das Buch gab nicht alles preis. Es mußte aber noch etwas geben... und er würde nicht eher ruhen, bis er es gefunden hatte.

Das Buch schloß sich, David drehte sich um und verließ den Tempel. Langsam stieg er die Stufen hinunter. Die Blumenwiese lag vor ihm und in Gedanken versunken durchwanderte er sie. Kein Weg öffnete sich ihm, er ging nachdenklich und ziellos irgendwohin. Er wußte jetzt, daß er immer dorthin gelangen würde, wohin er gelangen sollte. Langsam lernte er der höheren Macht, die ihn führte, zu vertrauen. Schmetterlinge spielten um ihn herum, auch andere kleine Tierchen kreuzten seinen Weg. Wie er, schwebten sie mehr als das sie gingen, nichts konnte zertreten werden, nichts wurde zerstört und weil dies so war, hatte niemand Furcht. Alle Tiere, denen er begegnete, waren frei von Angst. Pferde und Rehe ließen sich streicheln, alle waren sanft und friedlich und sie verbreiteten Frieden und Harmonie, David genoß jeden Augenblick. Vielleicht sollte er es sich doch noch einmal überlegen, dies alles nicht für ein schäbiges Leben aufzugeben.

Langsam stieg er einen Berg hinauf, oben angekommen setzte er sich nieder und sah in die Täler zu seinen Füßen. Idyllisch lag alles vor ihm, es duftete nach frischem Gras und herrlichen Blumen. David verfolgte mit den Augen einen Wasserlauf, der sich durch die Landschaft schlängelte. Langsam begann es zu dämmern. Die Sonne sah aus wie ein feuerroter Ball und die Schneespitzen auf den weit entfernten Bergen spiegelten das rote Licht wider. Auch in diesem Land gab es Tag und Nacht, es war nicht nötig für das Gedeihen der Pflanzen und Tiere, es war einfach nur schön... und alles was schön war und die Seelen erfreute, hatte seine Berechtigung. So diente der Sonnenuntergang dazu Lebewesen zu erfreuen, er war jeden Tag anders, ständig wechselten die Farbtöne, einfach nur um zu zeigen, was alles möglich war. Die Natur dankte ihrem Schöpfer mit den schönsten Farben und Stimmungen. Wer schon lange hier war, konnte Farben hören, die lieblichsten Töne wurden durch sie erzeugt, die schönsten Melodien. So wie Töne auch Farben zum Vorschein brachten. Es war eben alles eins, es gab keine Trennung mehr, man mußte nur lernen diese Einheit zu verstehen. Es war fast so, als würde ein Künstler ständig etwas neues ausprobieren und so erschien der Himmel mal hellblau, mal zartviolett oder in dunklen Farben. Dieser Künstler erfand ständig neue Kompositionen, ob diesig oder klar, immer war es schön.

Die Sonne verschwand nun hinter den Bergen und der Mond nahm ihr die Arbeit ab, auch er in immer neuen Gewändern. Heute schien der Mond David anzulächeln und einzuladen zu einer unbekannten Reise. Sein freundliches Gesicht würde mit David die Nacht durchwachen. Stille kehrte ein, die Vögel verstummten und im aufkommenden Nebel verschwanden die Schafherden in der Ferne. Niemand brauchte den Schlaf, aber er diente dazu zu sich selbst zu finden, er brachte frische Energie, so wie das Wasser, die Sonne und der Wind. Alles war im Einklang mit sich selbst und dem Ganzen. David betrachtete den Sternenhimmel, die vielen Lichter, die verschiedenen Gebilde, es sah aus als würden sie leben und als wollten sie ihn in die Geheimnisse des Universums einweihen.

Sternenreise

Tausende Sterne bevölkerten den Himmel, dazu gehören ebenso viele Geschichten und Erzählungen, manche traurig, manche vergnüglich. Aber jede von ihnen enthält einen Funken Wahrheit, jede dieser Wahrheiten ist so gut versteckt, daß nur wenige sie erkennen. David war tief in Gedanken als plötzlich eine Sternschnuppe vom Himmel fiel, direkt vor seine Füße. Es sah aus wie eine Silberschnur, die ihm den Weg in die Tiefe der Nacht zeigte, ein Bote aus einer anderen, größeren Welt. Diese Silberschnur lag nun vor ihm, glitzerte, begann zu pulsieren und etwas Neues entstand vor ihm. Eine kleine Gestalt formte sich aus dem Silberglanz, es war ein kleiner Junge, aus Silberfäden gesponnen mit silbergrauen Augen und silbernem Haar, sein Kleidchen funkelte wie Kristall und um ihn herum tanzten winzige Sternchen. Schließlich begann er zu sprechen:

„Dumme Zungen mögen sagen,
es sei ein Traum, was hier geschah.
Doch alles was geschieht ist wahr.
Siehst du nicht mit eig`nen Augen,
was nun vor dir hier entsteht?
Hast du keinen festen Glauben,
siehst du nicht wie alles geht?
And`re Welten gibt es noch,
nicht nur euer kleines Reich.
Alles hier kann sich verändern,
jede Welt, jeder Planet.
Nicht so wie bei euch auf Erden,
wo`s nach festen Formen geht.
Obwohl auch dort sich viel verändert,
aber ihr es gar nicht seht.
Ihr seht nicht das pulsier`nde Leben,

eurer engen kleinen Welt.
Jeder Schrank, jeder Nagel,
jeder Baum und jeder Strauch
wird sich eines Tag` s erheben
zu dem wirklich wahren Leben.
Endlich frei aus enger Form,
nie mehr eingezwängt in eine Norm.
Auch ich bin frei wie ein Atom.
Nun nehm ich deine Formen an,
damit man mich erkennen kann.
Sternenglanz sollst du mich nennen,
durch mich lernst du neue Welten kennen."

Wie durch Zauberhand entstand aus den kleinen
Sternchen ein Schlitten, in den David einstieg und mit
rasender Geschwindigkeit ging die Fahrt in die dunkle
Nacht. Sternenglanz wollte David das Universum zeigen,
Welten, die er nie zuvor gesehen hatte, obwohl es sie
schon immer gab. Hier lebten mächtige Wesen in einer
geistigen Welt und nur diejenigen, die wissen, daß
Sterbliche in Wahrheit unsterblich sind, können
manchmal diese unsichtbaren Welten betreten.

Alles auf der Erde und in den Universen muß im
Gleichgewicht gehalten werden, es muß im   Einklang
stehen mit den Gesetzen des Seins. Zu diesen Gesetzen
gehören die unsichtbaren Welten ebenso wie die
sichtbaren. Viele Wesen waren erforderlich, um diese
Aufgaben zu meistern. Sternenglanz durfte David nun die
Erdzone zeigen, in der hunderte Vorsteher darüber
wachten, daß alles, was auf Erden zu geschehen hatte,
auch geschah. Sie alle unterstanden dem göttlichen
Prinzip, sie alle verkörperten *seinen* Willen . David durfte
aber nicht alle Bereiche betreten. So zeigte Sternenglanz
zum Beispiel auf einen schemenhaften, sich fast

auflösenden Tempel, in dem Oriel lebte. Ihm unterstand der Tod, alles was auf der Erde mit dem Tod zu tun hatte, ging durch seine Hand. Keinem Wesen war es gestattet den Tempel zu betreten, zu viele Geheimnisse gab es dort, die Erde könnte mit einem Gedanken vernichtet werden. Wenn die Zeit der Erde abgelaufen ist, wird es geschehen, aber noch atmet sie, noch will sie leben. Und auf ihr Millionen Lebewesen. Hier wird deren Tod verwaltet und hier wird darauf geachtet, daß niemand seinem Schicksal entgeht.

Auch wenn David die Erlaubnis erhalten hätte, er hätte kein Interesse daran gehabt diesen Tempel zu betreten. Er war froh, als die Fahrt weiterging. Auch wenn ihm der Tod nichts anhaben konnte, denn er brauchte ihn ja nicht mehr zu fürchten, spürte er dennoch die Angst der Lebenden, die dem Tod nahe waren und ihn nicht kannten. Angst und Qual umgaben diesen Tempel, wie eine unsichtbare Mauer versperrten sie den Zutritt. Auf ihrer Reise kamen sie an vielen Tempeln vorbei, die für David verboten waren. Da war der Tempel von Kalabrim, dem Beherrscher der Träume oder der von Miriman, dem Herrscher über alle Luftwesen. Auch der Tempel Tabaras, der Vorsteherin über die Elementarwesen des Wassers, war für ihn verschlossen.

Von Sternenglanz erfuhr David, daß alles, was auf der Erde geschah, nur das Resultat war, das sichtbare Ergebnis der hier geplanten Dinge. Wenn es zum Beispiel aufgrund der Gesetze des Gleichgewichts, ein Erdbeben auf der Erde geben muß, so müssen Wesen auf ihr sterben, andere überleben, je nachdem, was der Plan vorsieht. Betrifft die Vorsehung Menschen, so müssen sie sich in Reichweite des Bebens befinden oder daran gehindert werden in dessen Gefahrenzone zu gelangen.

Manchmal geschieht dieses durch warnende Träume, durch äußere Einwirkungen, wie eine plötzliche Reise. Was es auch immer ist, alles wird in der Erdzone vorbereitet und geplant. Das, was hier Gedanke ist, realisiert sich auf der Erde und alle bemühen sich, daß dieser Plan eingehalten wird. Alles geschieht zunächst in der unsichtbaren Welt, ist also bereits vorhanden und somit nicht mehr aufzuhalten. Hellsichtige Menschen können dies manchmal sehen, kurz bevor es auch in der sichtbaren Welt geschieht. Es ist vergleichbar mit einer Flutwelle, die am Horizont bereits zu sehen ist und nichts sie mehr aufhalten kann, denn sie ist bereits Realität. Ob das menschliche Wesen allerdings seinen warnenden Träumen Beachtung schenkt, ist nicht kalkulierbar, das liegt nicht mehr in der Hand des Vorstehers. Manchmal kann es durch vereintes Vorgehen aller vorhandener Kräfte ermöglicht werden, diese Menschen doch noch zu retten, wenn ihr Tod absolut nicht in den Plan paßt. Das wird bei den Sterblichen allgemein als Wunder bezeichnet, in Wirklichkeit ist es die harte Arbeit vieler Geistwesen. Das setzt voraus, daß alle Beteiligten in ständigem Kontakt zueinander stehen. Es ist ein ewiger Energieaustausch nötig, von dessen Geschwindigkeit sich niemand eine Vorstellung machen kann. Vorsteher wie auch Schutzgeister arbeiten zusammen als wären sie eins, ein Gedanke erfaßt alle zugleich und läßt alle gleichzeitig handeln.

Schutzgeister haben direkten Einfluß auf die Gedanken ihrer Schutzbefohlenen und die sie umgebenden Energiefelder. Auch Materie ist nichts weiter als verdichtete Energie und somit beeinflußbar. Es kann daher sein, daß einem Kind nichts geschieht, wenn es aus dem Fenster fällt oder ein Verschütteter überlebt, obwohl es unmöglich scheint. Nichts ist unmöglich, aber es muß der Vorsehung genehm sein und nur der Himmel weiß, was zu geschehen hat.

Schließlich waren sie bei einem Tempel angekommen, in den sie auch hinein durften. Lulana hieß die Herrscherin über Liebe, Sympathie und Freundschaft. Ihr Tempel bestand aus reinem Licht und dieses Licht umhüllte David als er den Tempel betrat. Er war eingehüllt in vollkommene Liebe.

Lulana war sehr freundlich, hatte große, helle Augen und tiefschwarzes Haar. Ihr Körper war in ein rotgelb gefärbtes Gewand gehüllt. Freischwebend im Raum befand sich das Abbild der Erde, alle weiteren Gestirne dieses Sonnensystems zogen in ihren Bahnen an David vorbei.
Lulana erklärte David, daß man niemals die Erde allein sehen durfte, denn auch sie war nur ein Teil in einem größeren Ganzen und alle anderen Sterne hatten ihre Bedeutung auch für die Erde.

„Meine Aufgabe ist es, Menschen zusammenzuführen, die sich aufgrund des großen Planes begegnen sollen. Es ist ihnen bestimmt und ich habe dafür zu sorgen, daß es geschieht. Ich kann natürlich nicht alles planen, denn der Sterbliche tut was er will. Das ist bedauerlich, aber es soll so sein. Mir sind natürlich viele Dinge bekannt, der bisherige Lebenslauf, ihr Denken, auch alles was sie gerne tun oder verabscheuen und natürlich, was sie vorhaben. Aber meine Aufgabe ist begrenzt auf ihr Zusammentreffen und nur die dafür notwendigen Zusammenhänge sind mir bekannt. Nehmen wir einmal diese beiden Menschen hier..."

Vor David entstand das Bild eines Mannes und einer Frau, beide sahen durchschnittlich aus und David fiel nichts besonderes an ihnen auf. Lulana erklärte David:

„Ich weiß, daß beide seit Jahrhunderten aneinandergekettet sind, sie haben sich geliebt und gehaßt. Sie waren immer aufeinander fixiert, wenn sie sich begegneten. Nun haben sie alle Gefühle erfahren, bis auf eines... Verzicht aufeinander. Bisher hatten sie nie Zeit für andere, eben nur für sich selbst. In diesem Leben sollen sie lernen, daß es auch auf andere Dinge ankommen kann, nicht nur auf ihre Beziehung zueinander. Dafür müssen sich beide natürlich erst einmal begegnen. Wenn sie sich sehen, werden sie das Gefühl haben, als ob sie sich schon ewig kennen würden und sie werden sich ineinander verlieben. Keiner von beiden weiß, warum das so ist und worauf es ankommt. Ich werde die beiden zusammenführen, der Rest ist nicht mehr meine Aufgabe. Leider hat er gerade seine Pläne geändert, es hätte so schön gepaßt... ich muß sehen, daß er doch noch zum richtigen Zeitpunkt auf dem Bahnhof erscheint. Vielleicht wird eine Verwandte krank, die er dann aufsuchen muß, aber dafür muß ich erst prüfen, ob die Krankheit in das Lebenskonzept der Betroffenen paßt. Aber ich habe noch ein wenig Zeit, bis sie zusammentreffen sollen. Du siehst, es ist viel zu bedenken, die Vorbedingungen sind jedenfalls erfüllt. Aus persönlichen Gründen können die beiden in diesem Leben nicht zusammenbleiben, ohne grobe Pflichtverletzungen zu begehen, von denen sogar Menschenleben abhängen könnten. Für sie gibt es nur einen richtigen Weg. Mögen sie ihn erkennen."

Lulana hatte nun wieder zu tun. David durfte sich aber noch etwas umsehen. Er stellte fest, daß sie nicht allein waren, es herrschte ein reges Treiben in diesem Tempel. Alles was auf der Erde geschah, wurde hier festgehalten.

Informationen wurden ausgetauscht mit Wesen aus anderen Tempeln, alles funktionierte wie ein großes Gehirn, jeder kannte seine Aufgabe, nie wurde jemand seine Arbeit leid. So wie es der Erde nicht langweilig wird sich zu drehen, so wird auch hier jeder Schritt gewissenhaft durchgeführt.

Alles beeindruckte David sehr, aber nach einiger Zeit mußte er gehen und war wieder mit Sternenglanz in der großen Welt der Sterne. Sie wollten noch einen Tempel aufsuchen. Dieser lag in der Tiefe des Alls und der Herrscher dieses Ortes nahm sich viel Zeit für seine Gäste.

„Man nennt mich Cugomo, ich wache über die Geburtsstunde eines jeden Menschen. Alles hat seine Zeit, jeder Anfang hat zugleich sein Ende. Die Sterblichen messen ihre Zeit in Sekunden, Stunden oder Jahren. In Wahrheit geht alles seinen geregelten Weg, in einer Ordnung, die euch unbekannt ist... von Zeitalter zu Zeitalter. So gibt es das Fische-Zeitalter, das Wassermann-Zeitalter und so weiter, wie im Kleinen so im Großen, immer der großen Uhr folgend.
Jedem wird seine Lebensaufgabe in die Wiege gelegt. Sie ist von Anbeginn da, aber sie braucht Zeit für ihre Reife. Wenn du etwas davon verstehst, kann dir die Sternenkonstellation in der du geboren bist, deine Lebensproblematik anzeigen. Dabei haben natürlich nicht die Sterne schuld, an dem was geschieht. Sie sind nur so etwas wie ein Wetterbarometer, dem gibt man ja auch nicht die Schuld, daß es regnet. Es zeigt dir also nur an wie spät es ist in deinem Leben.
Du wirst mit einer Vielzahl anderer Wesen in ein bestimmtes Zeitalter hinein geboren. Ganze Generationen unterstehen denselben Problemen, aber der Blick für

dieses Gemeinsame , für das Übergeordnete, geht aufgrund der kleinen Aufgaben des Einzelnen meist verloren.

Du bist auf der Erde, um zu lernen. Damit der Mensch alles lernt und damit bei dem Lernprozeß nichts vergessen wird, muß es eine Orientierung geben. Bei deiner Geburt setzt du da wieder an, wo du zum Zeitpunkt deines letzten Todes gestanden hast, immer schön der Reihe nach. Die Stunde deiner Geburt ist also wichtig und das wird hier abgestimmt.

Jemand, der für den Untergang von Atlantis verantwortlich wäre, der also Technik und Wissenschaft derart mißbraucht hätte, der sollte in eine Zeit hineingeboren werden, in der er seinen Fehler wieder gutmachen könnte. Wieder in eine hochtechnisierte Zeit, damit er diesmal der Versuchung der Technik und der Wissenschaften widerstehen könnte.

Der Geburtskanal muß für den bestimmten Menschen geöffnet sein, dabei kommt es auf jeden Tag an, denn es ist durchaus nicht unerheblich, ob jemand am zwölften oder am dreizehnten geboren wird. Jede Zeit und jede Zahl hat ihre Schwingung und diese Schwingung ist entscheidend für das ganze Dasein, sie begleitet jeden wie eine goldnen Schnur durchs Leben. Nichts ist Zufall, schon gar nicht der Zeitpunkt der Geburt. Und mit der Geburt wird der Tod geboren, denn wer geboren wird muß unweigerlich eines Tages sterben, nichts wird das verhindern. Der Film des Lebens wird bei der Geburt eingelegt und muß ablaufen, Szene für Szene und jede einzelne Szene muß gelebt und erlebt werden. Die meisten dürfen bei der Vorbereitung mitwirken, sie dürfen ihr künftiges Leben planen, leider vergessen es alle wieder, sobald das irdische Leben beginnt, aber sonst wäre es auch zu einfach.

Damit dieser Film so ablaufen kann wie er soll, muß der richtige Zeitpunkt für den Beginn gefunden werden. Natürlich ist der Ablauf variabel, je nach dem Willen und den getroffenen Entscheidungen, aber das Lebenskonzept steht fest und damit die Probleme und die Zielsetzungen. Jeder wird nur mit Dingen konfrontiert, die wichtig für ihn sind, es werden Steine in den Weg gelegt, wenn es nötig ist oder Wege geebnet, wenn es sein soll. Und damit alles gelingt wie es geplant ist, ist der Zeitpunkt für den Beginn des Lebens eben ausgesprochen wichtig. Aber der Wille des Menschen ist frei und deshalb kann für vieles nur eine Wahrscheinlichkeit angenommen werden, denn viele Einflüsse, gute wie schlechte, wirken auf diesen Willen ein und nicht alles ist kontrollierbar. Da die Lebewesen, die zu einer bestimmten Zeit leben, bekannt sind und somit ihre Vergangenheit und ihr Denken offen vorliegt, kann mit großer Wahrscheinlichkeit ihr Verhalten und auch ihre Entscheidungen vorherbestimmt werden. Schickst du einen Krieger auf die Erde, wird er Krieg spielen, schickst du jemanden auf die Erde, der bisher nur gehaßt hat, wird er es wahrscheinlich wieder tun, denn so schnell ändert man seine Verhaltensweisen nicht. Die meisten Menschen sind auf der Erde, um ihr Fehlverhalten zu korrigieren, einige wenige haben darüber hinaus noch andere Aufgaben übernommen. Es gibt keinen Zufall, alles hat seinen Plan und wenn es deine Aufgabe ist zu leiden, dann muß der passende Plan dafür vorliegen. Der richtige Moment für seine Durchführung muß gegeben sein und das Umfeld muß stimmen. Wenn da jemand ist, voll Haß und Gewalt, dann wird man ihn in eine Welt schicken, wo Gewalt herrscht, hier ist es nicht anders. Aber um sein Fehlverhalten korrigieren zu können, muß man ihm andere Wege anbieten. Deshalb wird es in dunklen Zeitaltern immer irgendwo einen Funken Licht geben. Es wird immer ein kurzer Moment

117

der Hoffnung und der Freude vorhanden sein und immer wird es die Möglichkeit geben den Kurs zu ändern, indem man demjenigen Hinweise auf den Weg legt. Es liegt an euch, diese Hinweise zu erkennen.

Die Erde ist ein Übungsplatz, dort gibt es alle Bedingungen auf engstem Raum, alle Kräfte wirken und zerren an den Seelen und für jeden ist etwas dabei. Für jeden gibt es die Möglichkeit zu lernen. Alles muß seine Ordnung haben, denn die große Uhr muß richtig gehen, auch wenn der Mensch nicht weiß wie spät es ist. Der Zeitpunkt der Geburt ist kein Zufall, sondern Maßarbeit. Wir sehen uns bestimmt wieder, wenn deine Geburtsstunde feststeht, aber jetzt mußt du gehen."

David schien aus einem tiefen Traum erwacht zu sein, er befand sich wieder auf dem Berg. Die Nacht war fast vorbei und der Himmel begann sich aufzuhellen. Der Nebel kroch in seine Höhle zurück und die Vögel begrüßten den neuen Tag. Voll Ruhe erlebte David den Sonnenaufgang, vollkommener Friede war in ihm und das Gefühl, alles ist in Ordnung so wie es ist.
Was er in dieser Nacht erlebt hatte, konnte ihm keiner nehmen, selbst wenn es nur ein Traum gewesen sein sollte... aber konnte er überhaupt träumen? War träumen nicht den Sterblichen vorbehalten?
Ihm war eher, als sei alles Realität gewesen, ein kurzer Blick in den Lauf aller Dinge. Er wußte, daß die Wesen, mit denen er sprach, für kurze Zeit seine Gestalt angenommen hatten, damit er sie verstehen konnte. Sie hatten ihm etwas mitzuteilen, auch wenn er nicht wußte, warum ausgerechnet er dies erleben durfte. Für so viele Dinge gab es keine Antwort, auch das mußte man wohl akzeptieren. Aber seine Neugier war ungestillt, er wollte wissen, warum das alles so war. Er suchte die Wahrheit

und er würde nicht eher mit der Suche aufhören, bis er sie gefunden hatte.

Meer der Tränen

Mit der Zeit lernte David seine Fähigkeiten genauer kennen, ein Gedanke genügte und er war dort, wo er sein wollte. Natürlich mußte er dauernd neue Dinge lernen, wie im irdischen Leben auch, denn man war nicht plötzlich allwissend, nur weil man tot war. Auch hier gab es Techniken zu erlernen, um sich frei bewegen zu können und um Dinge zu gestalten. Er brauchte auch viel Zeit für seine seelische Entwicklung, dafür dienten die Besuche bei den Lichtwesen, die ihn jedesmal aufs neue verzauberten. Interessant waren seine Ausflüge zu den Sterblichen, es machte ihm Spaß zwischen ihnen zu wandeln und ihre Probleme zu erkunden, aber es ermüdete ihn auch immer sehr schnell, denn er verbrauchte bei diesen Besuchen viel Energie. Die meiste Zeit allerdings verbrachte er in seiner Welt, die ihm immer etwas Neues bot, denn nichts hatte seinen festen Platz, man dachte an etwas, ging ein paar Schritte und schon war man dort angekommen. David liebte es über Blumenfelder zu laufen und wechselte dann plötzlich ans Meer, es gab einfach keine räumlichen Grenzen. Aber er mußte lernen, seine Gefühle zu beherrschen, sonst konnte es schon mal passieren, daß er ganz woanders landete.

Es geschah an einem wunderschönen Tag. Der Himmel zeigte sein schönstes Gesicht, die Künstler gaben sich wieder alle Mühe, einen so herrlichen Tag zu gestalten. Für diesen Tag hatte David sich nichts besonderes vorgenommen, er wollte einfach nur so dahinschlendern und nachdenken über das Jetzt. Trauer überfiel ihn wieder einmal. Er konnte nicht sagen warum und woher sie kam, sie war einfach da und verdunkelte seine Seele, doch noch nie war sie so heftig wie an diesem Tag. Er ging gerade durch einen Wald, dessen Wege sich selten veränderten, als ihm dieser Wald plötzlich düster und unheilvoll vorkam.

´ Ich muß ans Meer, weg von hier ´, dachte David, weil er die hohen Bäume nicht mehr ertrug.

Eine Abzweigung, die David vorher nie bemerkt hatte, tauchte auf. Ohne zu zögern betrat er diesen unbekannten Weg, in der Hoffnung dieser Weg würde ihn ans Meer bringen. David hätte sich denken können, daß er wieder einmal eine neue Welt betreten würde. Zwar waren die Welten immer schon vorhanden, aber nicht jeder konnte sie sehen. Man mußte erst innerlich bereit sein für diese Plätze, dann würden sich die Tore öffnen. Und für David war das Tor offen an diesem Tag.

Der Weg war schlammig und unbequem, der Boden stöhnte unter seinen Schritten. Jammernd gaben die Äste den Weg frei und Davids beklemmende Stimmung verstärkte sich immer mehr. Nebel legte sich um seine Füße, kroch an seinen Beinen empor und erreichte schließlich seine Ohren. Nun hörte er es klagen und weinen, tausend ferne Stimmen wimmerten vor Qualen, die Trauer um ihn und in ihm war kaum noch zu ertragen. Längst hatte er die Orientierung verloren und ging nur noch einem sanften Plätschern entgegen, das irgendwo vor ihm liegen mußte.
Schließlich erreichte er einen Strand. Sein Sand war schwarz wie Graphit und Felsen, dunkel und glatt wie Schiefer, ragten ins Meer. Auf der Wasseroberfläche spiegelte sich ein lachsroter Himmel, ein Farbenspiel von unendlicher Schönheit.
Wie eine ausgelaugte Seele lag das Meer mit seinem klaren, schwarzen Wasser vor David. Voller Verzweiflung und am Ende aller Zeit, vergessen von der ganzen Welt.

Da war es wieder, das Stöhnen und Weinen. Die Stimmen quälten David und er wollte davonlaufen, aber wohin? Konnte er dieser Trauer überhaupt entkommen?
Schließlich glaubte er, die Stimmen kämen direkt aus dem Meer und würden ihn rufen, deshalb kletterte er auf einen Felsen, um in die Tiefe des Wassers blicken zu können.

Was er dort sah, hatte er nicht erwartet!
Fische, schillernd wie ein Regenbogen und in allen Formen und Größen, wunderschön anzusehen und so gar nicht in dieses düstere Gewässer passend. Sie waren es, die ihn aus den Tiefen der Finsternis anklagten.

„ Sieh ´ her, kleiner Freund! Sieh ´ uns an, wir sind die Träume, die Wünsche und die Hoffnungen. Alle wurden sie zerstört und sind in den Tiefen der Trauer verschwunden, bis in alle Ewigkeit, wenn uns niemand erlöst. Wir sind nichts weiter als hübsche bunte Illusionen in einer Welt voll Traurigkeit.

Du sitzt hier am Meer der Tränen, Tränen, vergossen von Wesen aus deiner Welt . Dieses ist auch das Meer der ungeweinten Tränen, von Menschen, die keine Tränen mehr hatten, da ihnen die Kraft fehlte und die Hoffnungslosigkeit so groß war. Und von Tieren, deren Tränen ihr nicht sehen konntet und millionenfach geflossen sind. Das Meer wächst, es wird größer und größer, keine Träne geht verloren, jeder Tropfen dieses Meeres hat seine Geschichte, jeder in ihm schwimmende Traum auch. Deine zerschlagenen Träume sind ebenfalls hier und rufen dich, hörst du sie ?“

Er hörte sie und er fühlte sie, seine Wünsche und Träume der Vergangenheit und er erinnerte sich an seine Tränen, die er weinte... heimlich, wenn es keiner sah.

„Komm!" schienen sie zu rufen. „Komm herunter!"

Einen kurzen Augenblick zögerte David, aber dann kletterte er den Felsen hinunter in das schwarze Wasser, immer tiefer und immer tiefer. Die bunten Fische schwammen um ihn herum. Er spürte die Hoffnungen und die Träume, die sie verkörperten, die Sehnsüchte und die Ziele. Ein Fisch sah ihn mit großen Augen an. In diesen Augen konnte er sehen, was geschehen war und er fühlte wie ein Traum in der Tiefe versank.

Seine eigenen kleinen, großen Wünsche und Ziele zogen an ihm vorbei, mit jedem Wesen ein begrabenes Stück seines Lebens. Dinge, die sich nicht verwirklichen ließen und die ihn mit der Zeit zermürbten. Wieder erlebte er den Kummer und den Schmerz seiner letzten Existenzen und er sah seine Träume, umgeben von den Tränen vieler Jahre, geweinte und ungeweinte. Allmählich bildete sich eine ganzer Schwarm um ihn und klagte ihn an.

„ Gib uns endlich frei. Trauere nicht länger deinen Träumen nach, sie sind nicht in Erfüllung gegangen. Na und? Du kannst immer wieder neu träumen, träumen erleichtert alles im Leben und löst viele deiner Probleme. Ohne Träume keine Entwicklung, ohne Ziel – Stillstand. Aber wenn es nicht gelingt, dann nimm es hin, es hat so sollen sein. Gib uns frei, damit wir diesem düsteren Ort entfliehen können. Deine Trauer hält uns hier fest, deine Tränen werden bleiben, aber die Träume waren schön. Zu schön, um sie hier einzusperren. Deine Ziele machten dich froh und gaben dir Hoffnung, entlasse sie aus deiner Trauer, bedauere nicht, daß sie nicht in Erfüllung gegangen sind. Sie können nichts dafür, halte sie hier nicht fest, sei einfach froh, daß du träumen durftest, viele können noch nicht einmal das. Du hattest immerhin deine Wünsche, sie verzauberten deine Gedanken für kurze Zeit. Sei dankbar dafür, weine nicht länger deinen verpaßten Gelegenheiten nach, laß uns in Frieden gehen, in eine bessere Welt, um frei zu sein. Indem du uns die Freiheit gibst, bist du selbst auch wieder frei und kannst nach neuen Träumen im Himmel suchen. Laß uns nicht bis in alle Ewigkeit im Dunkeln!"

Sie hatten recht! Warum trauerte er den Träumen nach, statt nach neuen zu suchen? Es war traurig genug, daß es so einen Ort der Verzweiflung gab. Den Wünschen und Träumen sollte man wieder eine Zukunft geben und sie nicht für immer versenken, das war einfach nicht fair.
´ Solange ich trauere ´, dachte David, ´ werde ich hier alles gefangenhalten, aber diese Wesen sind so wunderbar, sie verdienen die Freiheit. ´

Aber konnte er der Trauer entfliehen, die seine Seele umgab? Er hatte keine Wünsche mehr, alles war so leer und das, was er sich gewünscht hatte, war nicht eingetreten, die Hoffnungen hatte er begraben, nur Verzweiflung war geblieben.
Er hatte genug gesehen und wollte an den Strand zurück, um nachzudenken.

Viel Zeit verging, David lag im schwarzen Sand und seine Finger spielten mit den einzelnen Sandkörnern. Jedes einzelne Korn glitzerte in tausend Farben, legte er es aber zurück zu den anderen, verwandelte es sich wieder in tiefes Schwarz. Nahm er Sand in seine Hände, sahen die Körner aus wie Diamanten, hell und strahlend und er erkannte, daß seine Energie in der Lage war aus den schwarzen Steinchen leuchtende Schmuckstücke zu machen.

Die Lebenskraft seines jetzigen Körpers war unsterblich – er war unsterblich! Und er konnte etwas von dieser Unsterblichkeit weitergeben, ohne sie selbst zu verlieren. Wenn er seine Träume aufgeben würde... vielleicht würde er gar nichts verlieren, vielleicht wäre es ein Gewinn für ihn? Auf etwas zu verzichten, an dem man so lange krampfhaft festgehalten hatte. Sollte das der Weg sein?

Er hatte sich so sehr eine Familie gewünscht, aber er verlor sie wieder und das machte ihn traurig. Der Gedanke etwas unwiderruflich verloren zu haben, ließ ihn nicht mehr froh werden. Er akzeptierte es nicht, er wollte es einfach nicht wahrhaben. Die Träume, die ihn einst beflügelten, mit denen er einst seine Zukunft aufbaute, lähmten ihn plötzlich, machten ihn handlungsunfähig, da er nur noch mit Trauer an sie dachte und bedauerte, daß sie nicht Wirklichkeit geworden waren. Dieselben Träume und doch bewirkten sie gegensätzliche Gefühle in ihm, Träume, die ihn erst stark und am Ende schwach werden ließen. Er dachte an die Zeit, in der er seine Eltern verlor, Trauer und Verzweiflung umnebelten seine Sinne und nichts erfreute ihn mehr. Nun wußte er, daß seine Trauer nicht nur ihn, sondern auch seine Eltern hinderten, den Weg weiter zu gehen. Aber er wollte damals die Erinnerung an sie nicht verlieren, weil er Angst hatte, daß mit dem Verschwinden der Trauer auch die Erinnerung ging. Jedes Lachen, jedes winzige Stückchen Glück kam ihm vor wie Verrat. Schuldgefühle quälten ihn und dabei konnte man sich doch freuen, wenn man schöne Erinnerungen hatte, auf die man zurückschauen konnte. Als dann die Tränen versiegten und der Schmerz im Nebel verschwand, blieb nur noch die Erinnerung und er sah wie töricht er gewesen war, die Erinnerung durch den Schmerz des Verlustes zu trüben. Erst durch die Aufgabe der Trauer konnten seine Eltern ihre neue Welt erkunden, ohne von Davids Tränen festgehalten zu werden und auch er war wieder frei für neues Glück. Auch wenn er wieder lachen konnte, so hatte er sie dennoch nicht vergessen. Und sie selbst? Sie freuten sich, daß er wieder lachte und glücklich war, denn nur dies wünschten sie ihm. War es mit den Träumen nicht genauso wie mit den Erinnerungen? Sein Traum vom ewigen Glück hatte sich nicht erfüllt, mußte er deswegen vor Gram und Enttäuschung auf weitere Träume verzichten? Aus Angst, sie könnten sich wieder nicht erfüllen, aus Angst vor Enttäuschung? Enttäuschung gehört zum Leben wie die Freude und einen Anspruch auf ewiges Glück gibt es nicht. Es ist vielmehr ein Wechsel zwischen Freude und Leid, so wie die Sonne auf- und untergeht oder wie auf den Tod das Leben folgt. Seine Träume waren schön gewesen, aber er mußte sie freigeben! Wenn der Schmerz, die Wut und die Enttäuschung ging, dann war da noch der Traum und es war schön, daß es Träume gab.

Wenn ein Topf voll ist, paßt nichts mehr hinein, so ist man zwar gefeit vor unangenehmen Erfahrungen, aber es ist auch kein Platz für neue, schöne Dinge. David wollte nicht länger mit dem Schicksal hadern, es war nun einmal so gekommen wie es kommen sollte. Geradeaus mußte er gehen, die Vergangenheit zurücklassen und der Vergangenheit nicht mehr böse sein, daß sie existiert hat. Auch das hatte sicher seine Notwendigkeit, es war für ihn wichtig gewesen, auch wenn er es gerne anders gewollt hätte. Nach vorne mußte er schauen, mit neuen Zielen und neuen Wünschen, vielleicht wieder die alten in einem neuen Gewand. Es ist gut so, wie es gekommen ist.

Die Last, die schon jahrelang auf ihm lag, war leichter geworden, er stand auf und seine Augen wanderten über das Meer.

Plötzlich brach der Himmel auf, ein weißer Lichtstrahl traf die Oberfläche des Wassers, glasklar und hell war hier nun das Meer und David sah, wie sich ein paar Fische sammelten. Im Schwarm schwammen sie nach oben und sprangen aus dem Meer heraus. Kaum vom Licht berührt, verwandelten sie sich in bunte, bezaubernde Vögel, die nun dem Licht entgegenflogen.

David hatte ihnen die Freiheit gegeben und damit sich selbst auch.

Tassislo

Die Tage vergingen, David war schon längst wieder in seinem Haus, doch es gefiel ihm nicht mehr so wie früher. Das Haus paßte nicht mehr zu ihm, es war zu eng geworden, zu klein und zu dunkel. Also machte er sich daran, es nach seinen jetzigen Empfindungen umzugestalten. Größere Fenster, sogar eine Wand mußte weichen für den freien Blick auf die Natur. David brauchte den Schutz der Wände nicht mehr, da er keine Gefahr spürte, vor der es sich hätte schützen müssen. Die Freiheit, die er nun endlich empfand, mußte er auch äußerlich zum Ausdruck bringen. Von Traurigkeit und Leid befreit, wurde alles um ihn herum heller, bunter und fröhlicher. Auch sein Gewand war strahlender geworden, der Besuch beim Meer der Tränen hatte ihm sehr gut getan. Viele Städte, die er kannte und zeitweilig besucht hatte, suchte er nun nicht mehr auf und die Menschen, die dort lebten, waren ihm fremd geworden. Die Straßen waren zu eng, die Wände zu hoch und die Kälte dort ertrug er nicht mehr. Sein Haus veränderte sich wie er, es paßte sich ihm an und eines Tages, so dachte David bei sich, würde er überhaupt kein Haus mehr brauchen und unter dem Sternenhimmel liegen, eins mit der Natur und dem Universum, so wie Tassilo...

Aber so weit wie Tassilo in seiner Erkenntnis, war er noch nicht gekommen. Tassilo war ihm ein wichtiger Freund geworden, den er auf irgendeiner seiner Wanderungen kennengelernt hatte. Er war ein Philosoph, ein Einsiedler. Er war ein Mann, der die Gesellschaft anderer Menschen mied, jedenfalls, wenn es Menschen waren, mit denen er nichts anfangen konnte. Und davon gab es sehr viele.

Tassilo ließ sich von David finden, wenn er es wollte und wenn nicht, dann war er für lange Zeit einfach verschwunden. Ja, er war schon ein merkwürdiger Geselle. Tassilo redete mit den Blumen, mit den Bäumen und den Tieren – und sie alle verstanden ihn. Er hatte es immer schon getan, auch in der Zeit, als er auf Erden weilte. Auch er hatte Freunde, mit denen er sprach und lachte, es waren Feenkinder, sie allein konnten verstehen, was er fühlte und dachte. Sie lebten in einer anderen Welt, zu hell für die meisten Menschen, denn sie kamen aus dem Herzen des Lichts und Tassilo war einer der wenigen, der sie sehen konnte. Er konnte sie schon immer sehen oder doch zumindest schon sehr lange, auch zu Lebzeiten waren sie seine ständigen Begleiter gewesen. Niemals hatte er verstanden, warum andere seine kleinen Freunde nicht sehen konnten. Er fand es schade, da sie doch so klug und so hilfreich waren. Aber Feenkinder sind so zart und von so feinstofflicher Natur, daß sie sogar noch schwieriger zu finden sind, als die anderen Naturgeister. Es gibt manchmal Kinder, wenn auch sehr wenige, die sie sehen können und manche, die sich die Kindheit bewahrt haben – aber dieses ist ein großes Geheimnis und gehört nicht hierher.

Um Tassilo herum gab es jedenfalls niemanden, der sie sah, jetzt nicht und auch zu Lebzeiten nicht.
Als er noch ein kleiner Junge war, vor langer Zeit, als die Dunkelheit stark war auf der Erde, da mieden ihn die anderen Kinder, aber das war ihm egal. Er brauchte die Kinder schließlich nicht, denn er hatte ja jemanden zum spielen. Warum die Kinder allerdings Angst vor ihm hatten, verstand er nicht. Er verstand auch nicht, daß man seiner Mutter aus dem Weg ging, nur weil sie etwas von Kräutern wußte, dabei war sie die liebste Mutter auf der Welt. Sein Vater war tot, so hörte er damals, aber da er

nicht wußte, was tot sein bedeutete, dachte er sich nichts
dabei. Tassilo war anders als andere, nur die Feenkinder
und seine Mutter verstanden ihn und diese machte sich
große Sorgen und hatte Angst vor dem was unweigerlich
kommen würde. Tassilo wußte, daß er dieses Leben leben
mußte, um sich der ohnmächtigen Wut des Bösen noch
einmal zu stellen, er fügte sich deshalb seinem Schicksal,
einem furchtbaren Schicksal.

Tassilo war ein sehr lieber Junge und seiner Mutter immer
ein braver Sohn. Er liebte Tiere und Pflanzen und lebte
mit seinem Gott und der Natur in Harmonie. Oder
vielmehr, er hätte in Harmonie leben können, wenn man
ihn gelassen hätte. Tassilo war ein ganz besonderer
Mensch und David war gerne bei ihm, obwohl auch er die
Feenkinder nicht sehen konnte. Aber es gab für David
nicht den geringsten Zweifel, daß sie da sein mußten,
denn er hatte schon so viele ungewöhnliche Dinge erlebt,
daß ihn so schnell nichts mehr unmöglich erschien. Nur
weil man etwas selbst nicht sehen oder hören konnte,
bedeutete das noch lange nicht, daß es nicht existierte.
Manche Stunden verbrachte David bei Tassilo. Dieser
erzählte ihm von seiner letzten Existenz, seinen Träumen
und seinem Wunsch, endlich ganz zu den Feenkinder
gehen zu können. Tassilo hätte gern auf sein letztes Leben
verzichtet, zu schmerzhaft war die Erinnerung daran.
Aber es war wichtig für ihn und für andere, die nach ihm
kommen sollten. Was hatte er alles erleiden müssen... das
spöttische Grinsen anderer Kinder, die ihn offenbar für
verrückt hielten, die bösen Menschen, die seine Mutter
beschimpften. Am Anfang versuchte er noch andere zu
überzeugen. Später empfand er nur noch Mitleid für sie
und zuletzt hatte er nur noch Angst vor ihnen. Es gab
allerdings auch andere Menschen, die so dachten wie er
und die so waren wie seine Mutter, aber sie sagten es nie

vor anderen. Sie standen nicht zu dem was ihre Wahrheit war. Sie verleugneten sich selbst und damit ihren Glauben und sie retteten dadurch ihr Leben, aber eben nur ihr Leben.

„Was ist geschehen damals, Tassilo?" wollte David wissen. Tassilo sah David traurig an.

„Sie holten uns eines Tages ab und verurteilten meine Mutter und mich natürlich auch, weil ich ihr Kind war. Ich habe das damals nicht begriffen, denn ich war noch sehr klein. Wir hatten unseren Gott, der gleichzeitig eine Göttin war, die die Natur liebte und uns. Und plötzlich sollte das verkehrt sein, Hexerei nannten sie es. Im Namen der Kirche und im Namen Gottes wurden Menschen gequält, gefoltert und hingerichtet. Ganze Dörfer wurden ausgerottet, darunter viele Frauen und Kinder. Tausend und aber tausend fanden den Tod. Meine Mutter wurde beschuldigt, den bösen Blick zu haben, alles nur weil eine Frau aus der Nachbarschaft sie nicht leiden konnte. Wir waren schuldig, bis wir unsere Unschuld beweisen würden. Aber wie hätten wir das tun können? Ich wußte nur, daß das nicht unser Gott sein konnte, ein Gott der Liebe handelt nicht wie eine Bestie. Wir starben mit vielen anderen und im Tod haben wir sie erkannt, die teuflischen Wesen hinter ihren Masken.
Aber es ist vorbei, ich weiß nicht, welche Masken sie heute tragen und ich will es auch nicht wissen."

„ Was für eine furchtbare Zeit du doch mitgemacht hast. Wie können Menschen nur so böse und grausam sein?" fragte David.

Tassilo antwortete ihm: „Was ist böse und was ist gut? Was ist richtig und was ist falsch? Ich glaube noch nicht einmal, daß man generell etwas für falsch oder richtig, böse oder gut ansehen kann.

Es kann richtig sein zu schweigen, aber es ist falsch, wenn man etwas verschweigt, was besser gesagt worden wäre...

Es kann richtig sein zu reden, aber wenn es zur Redseligkeit führt, kann es falsch sein...

Es kann gut sein zu lachen, aber wehe, wenn man andere auslacht...

Es kann gut für dich sein zu weinen, um das Leid der Welt, aber es kehrt sich gegen dich, wenn du dadurch in Hilflosigkeit und Selbstmitleid erstarrst...

Mut zur rechten Zeit ist gut, aber erkenne, wann dieser Mut zu Waghalsigkeit wird und dadurch die Ehrfurcht vor dem Leben verlorengeht...

Aus allem kann etwas Gutes oder etwas Böses werden, etwas kann zu dem einen Zeitpunkt richtig sein, zu einem anderen falsch. Es kommt immer darauf an, von wo aus man es betrachtet. Aus dem ´ hier und dort ´ kann ´ dort und hier ´ werden, je nachdem, wo du gerade stehst. Alles hat seine Berechtigung zu seiner Zeit. Womit ich allerdings nicht gesagt haben möchte, daß es nicht etwas grundsätzlich Böses geben kann. Aber wie dieses Böse aussehen soll, weiß ich nicht, manchmal hat es sicher das Gesicht eines Engels..."

„ Aber das, was mit dir geschehen ist, war doch böse und grausam!"

„ Ja, aber viele haben es damals nicht als böse erkannt, sie hielten es für den rechten Weg, sie glaubten schönen Worten und miesen Tricks. Die meisten waren nur dumm, aber nicht böse. Und wenn es böse war, dann gibt es immer noch die Möglichkeit, daß es das Böse sogar geben mußte, um das Gute erkennen zu können. Woran willst du dich sonst halten? Es ist doch eigentlich nur so ein Gefühl und ein sehr vages dazu. Mein Gefühl hat mich immer geleitet und es hat mich nie getäuscht, mag sein, der Mensch soll genau das lernen. Auf sein Gefühl zu achten, seinen inneren Gott wiederfinden. Tiere können nie böse sein, weil sie keine Entscheidungen treffen müssen, sie können sich deshalb nicht schuldig machen. Genausowenig wie Pflanzen sich schuldig machen können, sie unterliegen anderen Gesetzen und haben andere Aufgaben zu erfüllen. Tiere und Pflanzen sind uns ebenbürtig , sie sind ein Teil unserer Existenz, sie gehören zum Ganzen und sie wissen es, wir Menschen haben es vergessen. Verletzen wir sie, so schaden wir uns selbst, weil wir das Ganze verletzen, von dem wir selbst ein Teil sind. Wir alle zusammen sind das Ganze, so einfach ist das."

„Was wohl aus den Menschen geworden ist, die euch so behandelt haben. Ob es eine Hölle gibt, wo man sie bestraft?" David sah Tassilo fragend an. Tassilo amüsierte die Frage.

„ Ist das dein Ernst? Hat man dich bestraft? Hat dich irgend jemand verurteilt? Nein, David, niemand bestraft irgend jemanden, denn das Schöne ist, daß alles in sich perfekt funktioniert und sich niemand als Richter aufspielen muß. Und weil ich das weiß, empfinde ich keinen Zorn gegen diese Menschen, denn wenn ich das empfinden würde, wäre ich nicht hier, sondern in einem ihrer Länder. Ich unterwerfe mich der göttlichen Entscheidung, die besagt, daß jeder in seinem Tod zu der Kraft zurückfindet, die er abgegeben hat und die irgendwo auf ihn wartet, denn es geht nichts verloren!

Aber als ich noch nicht so dachte, wollte ich Rache, wie andere auch. Es hätte mich befriedigt, wenigstens zu wissen, was mit diesen Menschen geschieht, die so hassen... damals habe ich es gesehen. Entsetzen packt mich, wenn ich nur daran denke. Niemals wieder möchte ich eines dieser Länder betreten. Das Gerechte daran ist, daß niemand diese Menschen bestraft! Sie haben sich diese Welten selbst geschaffen und werden nach ihrer körperlichen Existenz unweigerlich dorthin gezogen. Kein

Gott bestraft sie, auch der Fürst nicht, denn er ist eigentlich nur der Verwalter dieser Länder. Schuld geben kann man nur sich selbst, denn die Kraft, die man abgegeben hat, kommt zu einem zurück.

Du hast mir erzählt, daß du in das Schattenreich kamst, es war dunkel, qualvoll und leer. Es ist nichts im Vergleich zu dem, was dann kommt. Was erwartet Menschen, die grausam und bösartig sind, die mit Freude töten und quälen? Ihnen begegnet nur ihr eigenes Ich. Ohne blendende Fassade, ohne Schutz. Ihr jetziges Dasein ist der pure Haß, er zerfrißt ihren Körper. Und alles was sich ihnen nähert, wollen sie zerstören. Sie sind umgeben von Menschen, die ebenso sind wie sie selbst. Die eigene Wut läßt Funken sprühen, verbrennt sie von innen und ein Entrinnen ist unmöglich. Vielleicht ist es das, was die Menschen als Hölle bezeichnen, aber diese Hölle existiert nur solange es Menschen gibt, die sie mitbringen. Ich habe die furchtbarsten Geschöpfe gesehen, die aus diesen Gefühlen entstehen, ähnlich deinem Ungeheuer der Angst. Eine Flucht aus diesen Ländern der Bösartigkeit ist nicht möglich. Die Menschen haben sich der Macht der Herrscher bedient, jetzt stellt sich die vernichtende Kraft gegen sie und unterwirft sie ihren Gesetzen. Ihre einzige Chance dem zu entkommen, ist ein neues irdisches Leben, um alles besser zu machen als bisher. Ich weiß nicht warum, aber der Fürst der Dunkelheit gesteht ihnen dieses Leben zu, vielleicht, weil er weiß, daß die meisten wieder zu ihm zurückkommen, weil sie sich nicht von ihren Herrschern lösen können. Manchmal denke ich, es wird sich nie etwas ändern... Manche begreifen einfach gar nichts. Aber vielleicht lernen sie es eines Tages doch und können diese furchtbaren Länder verlassen. So wie ich eines Tages dieses Land verlassen werde.

Und nun vergiß diese schrecklichen Welten, sie existieren fern von hier und sie gehen uns nichts an."

So war Tassilo. Für ihn war das immer ganz einfach, er hat immer mehr verstanden als andere. Er erzählte David auch von den Menschen, denen er begegnet war in anderen Leben. Menschen, die behaupteten für die Wirklichkeit zuständig zu sein, dabei sahen sie nur eine Scheinwelt. Tassilo war ihnen bei weitem überlegen. Er hatte schon lange die Begabung, die Masken der Tugend und der Moral zu durchschauen und dahinter Lüge und Betrug zu erkennen.

Wie viele folgten einem falschen Propheten oder einem falschen Heiligen, sei es in der Politik oder im Glauben. Überall erkannte Tassilo schnell die Wahrheit hinter der Maske und dafür wurde er von denen verfolgt, die vorgaben, zum Wohle anderer zu handeln, ohne es in Wirklichkeit zu tun. Einige traf er in diesen Ländern wieder, sie lebten in dunklen Städten, ohne viel Sonne und Glück. Alle waren furchtbar beschäftigt und keiner wußte womit. Sie hatten ihren Weg verloren und rannten mürrisch durcheinander. Menschen, die zu Lebzeiten andere ausgelacht und ihnen vorgeworfen hatten, ihren Weg verloren zu haben, nur weil sie anders dachten, als die meisten. Nun waren sie selbst Irrende und fanden keinen Ausweg.

´ Selbst schuld! ´ dachte Tassilo. Und er hatte recht. Jetzt waren sie Gefangene ihrer eigenen Scheinwelt, von Mauern umgeben, die sie selbst gebaut hatten.

Die Welt ist nicht das, was sie zu sein scheint, sie ist Fassade in einem großen Film und wenn man die Fassade erst einmal als Fassade erkannt hatte, war man frei für die Wahrheit. Und Tassilo war frei.

Eines Tages verabschiedete Tassilo sich von David, er stand einfach auf und sagte:

„Mein Freund, ich muß jetzt gehen. Die Zeit in dieser Ebene ist für mich vorbei. Auf die Erde muß ich nicht noch einmal zurück. Auf mich warten andere Aufgaben, in einer anderen Welt, wo man mich versteht und die, so meine ich, besser ist als diese hier. Ein Feenkind hat dir zum Abschied ein Blumenkränzchen gebunden, weil es dich mag. Ich werde jetzt gehen. Wir sehen uns irgendwann wieder, ich fühle es. Denke ab und zu an mich, wenn du deinen Weg weitergehst."

David konnte natürlich kein Feenkind sehen und auch keinen Blumenkranz, aber damit hatte er sich bereits abgefunden. Tassilo lächelte ihn an, drehte sich um und ging davon, mit jedem Schritt wurde er schemenhafter, bis er sich gänzlich in Nichts aufzulösen schien. Tassilo war im Land der Feenkinder, noch weit weg für Menschen wie David und doch nur ein paar Meter entfernt.

David bückte sich und hob auf, was nun plötzlich vor seinen Füßen lag...
ein Blumenkränzchen...

Das Spiel

Tassilo ist ihm oft eingefallen, wenn er Dinge erlebte, die so ganz anders waren, als das, was er erwartete. Immer wenn etwas geschah, was so unwirklich war, so unerklärlich, erinnerte er sich an Tassilo. Für ihn war nichts unmöglich und vielleicht wird David ihn eines Tages wirklich wiedersehen. David freute sich darauf, es mußte eine wunderbare Welt sein, in der Tassilo leben durfte.

Die Zeit verging und neuerdings machte David sich Gedanken über seinen Hund, dieser kleine Krümel verschwand manchmal einfach und kam erst nach langer Zeit zurück. Natürlich durfte er tun, was er wollte, aber David war neugierig, wohin es den kleinen Kerl immer trieb. Deshalb nahm er sich vor, ihm zu folgen. Das erwies sich allerdings als schwieriger, als er angenommen hatte, denn sein Krümel war sehr schnell und ausdauernd, er verschwand ganz plötzlich und David verlor seine Spur. Nun war wieder einmal so ein Tag, an dem David versuchen wollte, seinem Hund zu folgen. Und diesmal funktionierte es, aber offensichtlich nur, weil Krümel es zuließ, daß David ihm folgte, denn er wollte ihm etwas zeigen.

Weit entfernt von allem, was David bisher gesehen hatte, erreichten sie ein Tal. Umgeben von kleinen Bächen, Flüssen und Hügeln glich es einer Oase, einem Ort des Friedens.
Kinder spielten dort und der größte Junge von ihnen, schien der Anführer zu sein. Obwohl David glaubte, den Jungen niemals zuvor gesehen zu haben, kam dieser ihm seltsam vertraut vor. Wohin David auch sah, überall waren Kinder und Tiere, aber keiner zeigte Interesse an

137

David, denn alle waren mit Spielen beschäftigt. Spiele, von denen er einige kannte, die meisten aber waren ihm fremd. Doch jeder hatte seinen Spaß daran, das sah er den Kindern an. Vollkommen unbekümmert waren sie, keine Streitereien untereinander, sie waren fröhlich und tollten vergnügt mit den Tieren herum.

´ Wie ähnlich sich die Tiere und die kleinen Menschen im Spiel doch sind ´, dachte David gerade, als eine Stimme zu ihm sagte: „ Hat er dich also doch mal mitgebracht!"
Der Junge, der David so bekannt vorkam, hatte sich unauffällig genähert.

„Es ist selten, daß Erwachsene hierher finden. Die Kinder lassen sie lieber zu Hause, soweit sie überhaupt mit ihnen leben, jedenfalls diese Kinder hier. Und die Tiere kommen meist ohne ihre früheren Besitzer. Wie hast du ihn genannt? Krümel? Ein lustiger Name und er paßt zu ihm, er ist ein freundlicher Hund. Warum bist du hier?"
David zuckte mit den Schultern:

„ Ich weiß es nicht, ich wollte wissen, wohin Krümel immer verschwindet, ich war einfach nur neugierig."

„ Neugierde ist ein Vorrecht der Kinder und der Tiere, das also hat dich hergeführt."

„ Was ist das hier?" wollte David wissen.

„ Ein Spielplatz! Siehst du das denn nicht?" Der Junge klatschte in die Hände. Dann rannte er davon und reihte sich in einen Kreis kleinerer Kinder ein. Er nahm sie an die Hand und sprach einen Vers mit monotoner, ein wenig trauriger Stimme.

„ Faßt euch alle bei der Hand,
nur so seid ihr stark genug.
Stark genug um zu verstehen,
was mit euch nun ist geschehen.
Tränen soll´n vergessen sein,
Schmerzen auch, so wie die Pein.

Niemand mehr kann euch hier schlagen,
niemand mehr wird grausam sein.
Ihr habt euren Weg gewählt,
und so eine Pflicht erfüllt.
Frei sein könnt ihr nun ihr Kinder,
eure Qual hat hier ein End`.
Die, die euch geschunden haben,
haben Schuld sich aufgeladen.
Niemand mehr kann euch verfolgen,
mit bösen Worten oder Taten.
Spielt bis eure Seele frei,
frei ist von den Schattengeistern
aus eurer Vergangenheit.
Verzeiht nun, was geschehen ist,
spielt, damit die Seele es vergißt."

Die Kinder ließen sich los und rannten übermütig zwischen den Hunden herum. Der Junge freute sich und kam wieder zu David.

"Das sind die neuen Kinder, sie sind erst kürzlich gekommen, es ist nicht leicht für sie, denn sie haben viel durchgemacht und sind noch sehr gefangen von den Ereignissen. Siehst du, wie sie sich über Krümel freuen?"
Krümel spielte mit einigen Mädchen, die ausgelassen lachten, weil der kleine Hund ständig ein Stückchen weglief und dann wartete, bis die Kleinen ihn erreichten. Ein ungefähr dreijähriges Mädchen schlang die Arme um seinen Hals und beide purzelten über den Rasen, sie quietschte vor Vergnügen und es sah aus, als seien sie alte Freunde.
„ Sie wurde von ihren Eltern zu Tode geprügelt. Wie viele dieser Kinder hier. Kannst du mir sagen, warum Menschen so sind? Wo hat das alles seinen Sinn? Die Kleine wollte ihren Eltern eine Chance geben, aber sie haben sie nicht genutzt... nun werden sich andere darum

kümmern müssen. Sie wird in eine andere Familie kommen, um als Kind glücklichere Erfahrungen zu sammeln. Sie ist ein braves Mädchen, wir werden etwas passendes für sie finden.

Wir müssen alle unsere Erfahrungen sammeln, die wenigsten wissen, daß eine Seele alle Stufen des Seins durchlaufen wird. Auch die menschliche Form ist nur eine Zwischenstation, irgendwann wirst auch du deine jetzige Form ablegen. Ich selbst komme von weit her und habe im Moment diese Form gewählt, weil Kinder immer noch am besten Kinder verstehen. Mit den Augen eines Kindes zu sehen ist furchtbar aufregend. Wenn du willst ... ja, vielleicht bist du deshalb hier..."

Der Junge nahm David bei der Hand und beide rannten zu einem wunderschönen, bunt bemalten Karussell , auf dem sich hölzerne Pferdchen drehten. Als David sich auf eines der Pferde setzte, kam er sich doch ein wenig kindisch und albern vor, aber seine Neugierde ließ ihn abwarten. Die Fahrt begann, immer schneller drehte sich das Karussell und die Umgebung verschwamm vor seinen Augen. Schließlich wurde das Karussell langsamer und endlich hielt es an, David konnte wieder heruntersteigen.

War das schwierig! Plötzlich war das Pferd riesengroß und kaum zu bezwingen! Um vom Karussellrand herunter zu kommen, mußte David sich setzen. Denn er hatte plötzlich ganz kleine Füßchen und kurze Beine, er konnte kaum den Boden erreichen. Vorsichtig kletterte er hinunter. Mit offenem Mund und staunenden Augen sah er sich um. Was es hier alles zu sehen gab! Ein bunter Jahrmarkt lag vor ihm, überall gab es Tüten mit Bonbons und an jeder Ecke gab es Eis, so viel Eis! Wie sehr liebte er doch dieses Durcheinander von Gerüchen und Eindrücken. Jetzt sah er auf einer Wiese einen großen

Jungen mit vielen kleinen Kindern, wie er selbst eines war, ein Spiel spielen. Sie sangen und lachten, David lief so schnell er konnte zu ihnen. Schüchtern blieb er ein wenig entfernt stehen und eisleckend beobachtete er alles ganz genau. Was machten die da nur, es sah so lustig aus und David mußte lachen. Sie warfen sich einen großen Ball zu, auf den viele bunte Figuren gemalt waren. Ein Kind versuchte den Ball zu erhaschen, aber die anderen waren schneller. Was war das nur für ein schöner Ball... David war so fasziniert, daß er fast sein Eis vergaß, es tropfte über seine Finger und schließlich über den Arm. Dieser Ball...

Plötzlich kam er angerollt und blieb vor Davids Füßen liegen. Was sollte er jetzt bloß tun? Mit seiner freien Hand hob er den Ball auf und das war ganz schön schwierig, weil der Ball so groß war und er in der anderen Hand ja noch sein Eis hatte. Das konnte er ja schließlich nicht einfach loslassen. Nun hatte er es geschafft und stolz stand er da, ein klebriger Ballbesitzer. Die Kinder verstummten und starrten ihn an. Ein kleines Mädchen löste sich von der Gruppe und ging langsam auf David zu. Sie streckte ihre Händchen aus, denn sie wollte den Ball zurück, doch David schüttelte den Kopf.

Unendlich viel Zeit verging.

Plötzlich setzten die Kinder zu einer Art Sprechgesang an, zuerst leise, David konnte es kaum verstehen, dann aber bedrohlich laut:

„Mein und dein heißt das Spiel,
das Spiel, das Kinder spielen.
Ich will deines, dazu noch meines...
Doch gib acht, hier stimmt was nicht.
Krieg und Frieden heißt das Spiel,
das Spiel, das Große spielen.
Ich nehm´ deines, dazu noch meines...

Doch gib acht, hier stimmt was nicht.
Gut und Böse heißt das Spiel,
das ewig spielt die Welt.
Was ist dein und was ist mein?
Wann wird daraus Krieg und Frieden?
Denk nach, sei schlau,
entscheide dich, entscheide
dich, entscheide dich."

Irgend etwas stimmte ganz und gar nicht, David hatte die traurigen Augen gesehen, der Ball gehörte ihm doch gar nicht.

„Dein und Mein-
Krieg und Frieden-
Gut und Böse-
entscheide dich-
Dein und Mein-
Krieg und Frieden-
Gut und Böse-
entscheide dich...."

Alle Kinder standen nun um David herum und raunten ihm diese Worte zu. Er war verwirrt und ihm war, als müßte er die wichtigste Entscheidung seines jungen Lebens treffen. Schließlich gab er dem kleinen Mädchen den Ball zurück und sofort fühlte er sich wohl. Die Kleine lächelte glücklich, David wollte ihr nun auch noch etwas von seinem Eis geben, aber sie wollte nicht. Nachdem er das Eis aufgegessen hatte, spielten sie alle gemeinsam, denn der Ball war für alle da und nur so machte das auch Spaß, fand David.
Immer wenn David in seinem späteren Leben einen Ball in die Hand nahm, überkam ihm ein eigenartiges Gefühl der Erinnerung. Und immer, wenn er vor einer

schwierigen Entscheidung stand, spielte er mit einem kleinen Ball. Er bildete sich ein, so die richtige Entscheidung treffen zu können.

Den Nachmittag verbrachte David nicht nur mit Ballspielen. Er tobte mit kleinen Lämmchen, Ziegen, Hunden und Katzen über die Wiese und freute sich mit ihnen. David sah sich selbst in den Augen der Tiere und fühlte, daß sie ihm ähnlich waren, fast so, als wären sie ein Teil von ihm. In einem Arm Krümel, im anderen eine Katze, so schlief David schließlich ein. Er war eins mit der Natur und den Wesen um ihn herum. So wie er, wollten auch die Tiere und die Kinder nichts weiter als glücklich sein und niemandem etwas zuleide tun. Einfach nur froh darüber sein, daß sie existierten. Als in diesem Teil der Welt der Abend anbrach, erwachte David, er war wieder er selbst und sein Ausflug als Kind in die Welt der Kinder war vorbei. Ein wenig Wehmut blieb zurück, ein wenig Leere und ein wenig Verlust – er kam sich plötzlich vor, wie ein Eindringling in einem fremden Land.

Die meisten Kinder waren noch da und der große Junge hatte zwölf Kinder um sich versammelt, die sich offensichtlich untereinander sehr gut kannten. David erfuhr, daß sie sich bereit machten, diese Welt zu verlassen, um in einen schweren Kampf zu ziehen, sie waren alle aufgeregt und ein wenig traurig, aber voller Tatendrang, denn große Aufgaben warteten auf sie. Sie stimmten in ein Lied ein:

„Schwächer noch als wir,
sind die meisten Tiere hier,
gequält, geschunden, totgeprügelt-
wie wir- der Gewalt ausgesetzt-
wurden auch sie stets verletzt.

Wir sind die Zukunft, verändern sie,
vergessen werden wir dies hier nie.
Eine neue Zeit bricht an,
Hand in Hand mit allen Wesen,
einem schweren Kampf entgegen.
Alle hier sind uns´re Brüder-
in dieser wie in jener Welt.
Das Böse hat die Welt ergriffen
und alle Tore aufgerissen.
Alle Engel, des Himmels Diener,
müssen auf die Erde nieder.
Wir werden ihnen zur Seite stehen,
einige werden durch die Hölle gehen.
Krieg und Frieden heißt das Spiel.
Gut oder Böse ist sein Ziel."

Ein goldenes Tor stand plötzlich auf einem der Hügel, Hand in Hand gingen die Zwölf auf dieses Tor zu, nur der Junge blieb zurück. Das Lied singend verschwanden sie langsam aus dem Blickfeld... in eine Zukunft, die vielleicht dem Licht gehörte. David und alle, die im Tal zurückgeblieben waren, wurden von einer großen Traurigkeit erfaßt, obwohl alle wußten, daß man sich in der anderen Welt auf ihr Kommen freuen würde. Und sie würden nur einen Augenblick fort sein. Auch wenn es den Zwölfen wie eine kleine Ewigkeit vorkommen wird. Vielleicht schafften sie es, ein wenig Licht in die Dunkelheit zu bringen.

Das Tor löste sich vor den Augen der Zurückgebliebenen auf, als habe es nie existiert und sofort nahmen die Kinder ihre Spiele wieder auf, als sei nichts geschehen. Auch David fand, daß es Zeit für ihn war wieder zu gehen und da Krümel es vorzog noch bei den Kindern zu bleiben, machte er sich allein auf den Weg. Noch ein einziges Mal drehte er sich zu dem Jungen um, der aber war nicht mehr da, statt dessen stand dort Marlengos! Er winkte David zu und klatschte vergnügt in die Hände.

David mußte lange über das Geschehene nachdenken. Er durfte für einen Augenblick mit den Augen eines Kindes sehen und hatte erkannt, wie schnell ein Spiel ernst werden konnte. Und dann waren da diese Kinder, die mit den Tieren spielten, als seien sie ihresgleichen. Vielleicht sind die Tiere nur eine andere Bewußtseinsebene der menschlichen Seele? Hatte er nicht gespürt wie ähnlich sie sich waren, vielleicht waren alle Wesen gleich, ob Mensch, ob Tier oder Pflanze. Vielleicht werden sie nur je nach Spielplan, zu verschiedenen Figuren zusammengesetzt. So wie man mit Bausteinen unterschiedliche Dinge fertigen kann, je nachdem, ob man einen Stein dazulegt oder ihn entfernt. Wenn das so ist, dann ist alles eins, so wie die einzelnen Wassertropfen gleichzeitig das Meer sind. Wenn Wasser verdampft und Nebel, Regen oder Schnee entsteht, so findet doch alles wieder zurück zu seinem Ursprung, alles ist Wasser, auch wenn man es nicht sofort erkennt.

´ So werden auch wir wieder zu dem, war wir ursprünglich einmal waren ´, dachte David.
´ Über den Stein, zur Pflanze, zum Tier bis hin zum Menschen... und dann? Was kommt nach dem Menschen? Sind wir alle Engel oder sogar alle Götter, weil wir alle Teile eines Gottes sind? Haben wir uns von unserem Gott abgewandt und wenn ja, finden wir wieder zu ihm zurück, so wie Hagel und Schnee wieder zu Wasser werden? ´
Der Gedanke gefiel David und es erfaßte ihn ein seltsames Gefühl, als sei er der Wahrheit etwas näher gekommen. Aber was war das für ein Kampf, in den die Kinder gegangen waren. Ein Kampf der offensichtlich

nicht nur auf der Erde tobte, nicht nur im Universum, sondern auch hier in diesen Reichen. Wo begann er? Hier oder drüben? David stellte sich die Erde als Spielplatz vor und dachte:

´ Vieles spricht dafür, daß der Kampf hier begonnen hat. Denn am Anfang ist immer der Gedanke, dann folgt das Wort oder die Tat. Jemand spielt ein Spiel mit uns. Oder aber wir haben dieses Spiel erfunden und werden nun gezwungen, das Spiel zu spielen, um die Wirkung zu erfahren. Vielleicht sieht *er* einfach nur zu und paßt ein wenig auf, daß das Spiel fair verläuft. Reicht es aus, einfach ein neues Spiel zu erfinden, liegt das Ganze allein in unserer Hand? ´

Wie alles begann

David überlegte in was für einen Kampf diese Kinder geschickt wurden. Wenn es kein Krieg war, was war es dann? Unmerklich war David zu dem heiligen Platz gelangt, wo die Pyramide stand oder war der Platz zu ihm gekommen?

David fiel der Vers wieder ein, den die Kinder sprachen, als er mit sich um den Ball rang.

Krieg und Frieden, Gut und Böse...

Aber was war gut und was war böse und wo fing alles an? David hatte das Gefühl immer weniger zu wissen anstatt mehr.

Nachdenklich ließ er sich am Fuße der Pyramide nieder, niemand war da, niemand von den vielen Menschen, die sich hier manchmal versammelten und niemand von den Lichtwesen. David lauschte dem Wind, in der Hoffnung, Ruhe würde einkehren in seine unruhige Seele und in der Erwartung, Antworten zu finden auf seine Fragen. Aber wer sollte ihn schon hören?

„Warum auch sollte für mich allein jemand kommen und mich anhören. Einer allein ist doch vollkommen hilflos und kann nichts bewirken", sagte er laut und seine Stimme klang verzweifelt.

„Und warum glaubst du, daß jemand anderes dir helfen kann, der auch allein ist?"

Marlengos tauchte aus dem Nichts auf, er trug ein strahlendes Gewand, hell wie die Sonne und seine Erscheinung zeugte von imposanter Stärke, die allein von diesem einzigen Wesen ausging.

„Warum ist für dich immer alles unfaßbar?" fragte er David. „Warum hältst du alles für schwierig und unlösbar? Du erwartest hier jemanden, der deine Fragen beantwortet, wer aber soll das sein? Du hältst mich für mächtig, dabei bin ich nur ein kleines Seelchen im Vergleich zu den wirklich großen Wesen. Besinne dich endlich auf dich selbst! Erkenne, daß du stark bist. Solange du an dich selbst glaubst, findest du die Antworten, die du suchst. Allein in dir findest du den Weg. Solange du mich für den Lehrer hältst, werde ich auch nur ein Lehrer sein, stark wirst du aber nur, wenn du erkennst, daß auch ich nicht alles wissen kann. Du kannst in manchen Dingen Lehrer für mich sein, wir könnten viel voneinander lernen. Ich kann dir zum Beispiel nicht sagen, wie man den Weg des Lichts findet, denn ich habe ihn nie verlassen, ich kann dich nur lehren ihn zu gehen. Niemand kann dir sagen, welches der beschwerlichere Weg ist, auf dem Weg des Lichts zu bleiben oder aus der Dunkelheit wieder ins Licht zurückzufinden. Ich weiß nicht, ob ich deinen Weg hätte gehen mögen... warum hältst du immer andere für größer und weiser als dich selbst?"

„Ich weiß einfach nicht, wer ich wirklich bin, ich sehe immer nur Bruchstücke von mir, nie mein wirkliches Ich. Ich bin irgend jemand, ich suche irgend etwas, aber wer ich wirklich bin und was ich suche, weiß ich nicht. Diese Frau, die ich sah, der ich so nah war, sie fehlt mir, jetzt wo ich mich wieder an sie erinnere. Aber tausend Jahre und mehr, wußte ich nicht einmal, daß sie existierte. Und auch jetzt weiß ich nicht, wer sie ist und wie wir zueinander stehen. Was geschieht nur mit mir? Warum stelle ich mir so viele Fragen, warum kann ich nicht wie andere auch, einfach alles so hinnehmen und mir keine Gedanken darum machen? Alles ist so dunkel und so verschwommen, wo liegt in allem der Sinn?

„Es läßt dir keine Ruhe? Wer einmal zu fragen angefangen hat, kann nicht mehr zurück und da es keinen Weg zurück gibt, mußt du ihn weitergehen und wer wirklich sucht, der findet die Antworten auch. Die

Antwort ist in dir, komme zur Ruhe und du wirst sie finden."

Marlengos stand auf und gab David ein Zeichen ihm zu folgen. In tiefer Konzentration stellte Marlengos sich vor eine Pyramidenseite, die Pyramide wurde heller, sie begann zu leuchten und glitzerte schließlich wie Regentropfen in der Sonne. Marlengos ging einfach durch die Wand und David konnte ihm folgen, die Pyramide hieß David willkommen.

Im Innern war es vollkommen hell, gerade so als wären Sonnenstrahlen darin gefangen, der Raum war leer, Marlengos verschwunden und David war allein mit sich selbst. Lange Zeit geschah nichts, David stand in der Mitte des Raumes, verloren im Nebel von Raum und Zeit. Seine Gedanken kamen zur Ruhe, keine Fragen mehr, keine Suche nach Antworten, es herrschte absolute Stille um ihn und in ihm.

„Du willst dich erinnern, wie alles begann? Du sollst dich erinnern."

Eine Stimme von irgendwoher, eine Stimme, die David schon einmal gehört hatte, vor unendlich langer Zeit...

Feine Lichtfäden umkreisten David und als er an sich hinunter sah, stellte er fest, daß sein Körper aufgehört hatte zu existieren. Etwas Neues war aus ihm geworden, feiner und lichter war seine Gestalt. Dasselbe Bewußtsein, aber er fühlte sich frei, dieses Gefühl hatte er Jahrtausende nicht gespürt, es war als öffneten sich alle Ketten seines Daseins. Das war die Freiheit, nach der er sich gesehnt und die er suchte, seit er sie verloren hatte.

Für einen kurzen Augenblick war er wieder ein freies Geistwesen in einer freien Welt, so wie es sein sollte und wie es einmal war.

Nach diesem kurzen Moment der Freiheit kam die Erinnerung, alte Gefühle flammten wieder auf, alles was er damals erlebt hatte und was die Seelen in Atem hielt, bis heute. Es war entsetzlich, was damals geschehen war und doch war auch er daran beteiligt gewesen und nicht unschuldig, so wie kaum jemand unschuldig gewesen ist. Damals, als es noch keine Erde gab und keine anderen Welten, als das reine Licht existierte, vor einer Ewigkeit. Alles stürzte wieder auf ihn ein und wenn er geahnt hätte, was er nun erleben würde, er hätte die Pyramide nie betreten.

Sie war bei ihm, seine verlorene Hälfte, Gegensatz und Ergänzung zugleich, vereint für alle Zeiten...

Es gab keinen David damals, es gab nur Daniel und er nannte sie Dana, beide zusammen waren sie stark und beide dienten dem Licht. Und *er* war das Licht, der König *sein* Ebenbild und der Fürst der Überbringer des Lichts. Alle Wesen zusammen waren eins - eine Einheit -, denn das Gefühl des Getrenntseins gab es nicht, damals gab es nur die einzig wahre und ewige Liebe.

Der König, von *ihm* eingesetzt, leitete seine Welt mit Großzügigkeit und Liebe, so viel Güte konnte nur von einem Lichtwesen seiner Größe aufgebracht werden. Sein Bruder, ein Lichtwesen von vollkommener Schönheit, gab dieses Licht weiter an alle Seelen, die nach ihnen kamen und so hatte alles seine Ordnung. Alles wäre so weitergegangen, wenn nicht eines Tages der Schatten nach dem Fürsten gegriffen hätte, es heißt er sei der Verursacher allen Leids. Doch am Anfang wußte niemand, wer im Recht war, denn beide waren das Licht und beide waren für Daniel der Inbegriff der Liebe, aber plötzlich behauptete der Fürst, der König sei nicht mehr fähig das Reich in *seinem* Sinne zu führen und er verlangte den Thron für sich.

Viele Lichtwesen standen bereits hinter ihm, ehe Daniel bemerkte, was geschah. Die Lüge hatte ihre Wirkung getan, eine Waffe, die bisher gänzlich unbekannt war. Niemand konnte Daniel sagen, wer recht hatte und wer nicht. *Er* konnte es, aber *er* schwieg und weil *er* schwieg, war das vielleicht ein Zeichen dafür, daß dem Fürsten der königliche Thron zustand. Der König beteuerte zwar, daß er nach *seinem* Willen handelte, aber der Zweifel war in die Seelen eingezogen und der Zweifel suchte den Beweis.

Während Daniel zu zweifeln begann, hielt Dana zu ihrem König. Lange Zeit kämpfte Daniel noch Seite an Seite mit ihr, in einem weißen Heer auf schnellen Pferden, gegen eine bedrohliche Übermacht. Aber als schließlich auch ihn die Zwietracht erfaßte, trennte ihn dieses von Dana und von seiner Bestimmung als Reiter des Lichts. Eine Entschuldigung war, daß er glaubte das Richtige zu tun, und die andere, daß er unbekannten Waffen gegenüberstand, deren Gefährlichkeit er nicht erkannte. Der Schatten, der sich über das Reich legte, wurde größer und längst hatte der Fürst die Macht seiner Waffen erkannt. Er wollte den Thron, aber der König war stark und widerstand seinen Angriffen mit Güte und Liebe, so mußte der Fürst ihm das Volk nehmen und die führenden Lichtwesen, denn ohne Volk, so glaubte der Fürst, war selbst ein König machtlos. Es ging dem König nicht um Macht, aber das verstand der Fürst bereits nicht mehr. Und so schickte der Fürst die grausamsten Waffen in den Kampf – die Gier – die Angst – den Haß. Die wenigen Heere, die dem König noch verblieben, setzte dieser ein, um sein Volk zurückzuerobern. Dorthin, wo die Angst groß war, wurde Mut und Vertrauen gebracht, aber es war zu spät, der Kampf, der entbrannte, war das Furchtbarste, was jemals über die Seelen hereingebrochen war. Noch nie wurden sie so gequält , die grauenvollsten Geschöpfe schuf der Fürst um ihren Widerstand zu brechen. Er redete den Seelen ein, daß der König ihnen diese Geschöpfe schickte und der Fürst würde sie davon befreien, wenn sie sich ihm unterwarfen. Niemand konnte sagen, wie lange dieser Krieg tobte, ein Krieg zwischen allen Geistwesen, die jemals existierten. Doch eines Tages konnte niemand mehr Siege erringen. Die wenigen dem König verbliebenen Anhänger, waren durch nichts von ihrer Loyalität abzubringen. Aber es waren wenige und so fühlte der Fürst sich als Sieger. Zum wiederholten Male forderte er daher vom König den Thron, doch endlich erhob sich *seine* Stimme gegen den Fürsten, eine Stimme, die Daniel und alle anderen niemals vergessen sollten.

„Du sollst nicht länger ein Träger des Lichts sein, denn du hast Verderben gebracht über die Seelen. Ich werde dich nicht vernichten und ich hoffe, daß auch du eines Tages erkennst, was du getan hast und versuchst das Licht zu finden. Jetzt sollst du dein Reich bekommen und die Untertanen, die dir zustehen."

Was niemand für möglich gehalten hatte, trat ein. Der Fürst zitterte vor Angst und seine Wut, seine Gier, einfach alles richtete sich in diesem Moment gegen ihn, dem einst so schönen Lichtwesen wurde jegliches Licht entzogen. Er wurde mit allen Verrätern in sein neues Reich verbannt, in ein Reich der Finsternis. Daniel und alle anderen verloren ihren Namen, so wie der Fürst seinen Namen verlor. Auch Dana konnte Daniel nicht helfen, sie beugte sich *seinem* Willen und wartete. Daniel existierte nicht mehr, er war ein Niemand, ein Nichts; von ganz oben gefallen in die Tiefe der Nacht, ohne Hoffnung, ohne Licht und ohne Willen. Die Macht des Fürsten war unbegrenzt in seinem Reich und seine Untertanen wurden Werkzeuge seines Willens. Zu spät erkannten sie, was sie aufgegeben hatten, für ein Wesen, vor dem sie nur noch Angst hatten, für das sie nur noch Verachtung empfanden.

Und *er* wartete und hatte Mitleid mit den Seelen. Schließlich trat ein, was *er* erhoffte... wieviel Zeit doch vergangen war, so viel Zeit des Wartens. Viele Welten waren in der Zwischenzeit entstanden und viele Pläne lagen bereit, alles wartete nur auf diesen einen Moment.

Der Fürst begann sich zu langweilen, so sehr, daß er einem Handel zustimmte, einem neuen Spiel, um seinem trostlosen Dasein zu entkommen. Er stimmte dem Plan zu, den Seelen für kurze Zeit ihren Willen wiederzugeben. Es reizte ihn, seine Macht endlich wieder zu demonstrieren und die geschaffenen Welten sollten der Austragungsort sein. Aber der Wille der Seelen war so tief in ihnen vergraben, daß sie ihn zunächst einmal wiederfinden mußten, zu lange waren sie unterdrückt worden. Auch das hatte *er* berücksichtigt. Und sie mußten lernen, den freien Willen diesmal für die Seite des Lichts zu nutzen, denn *er* wollte die Seelen nicht wieder an die Dunkelheit verlieren, sie mußten also alle Gefühle kennenlernen, um sie letztendlich verstehen und beherrschen zu können.
Es war deshalb *seine* Bedingung, daß auf Erden das Gute wie das Böse, das Licht und die Dunkelheit gemeinsam herrschten, denn nur wer die Wahl hat, kann sich entscheiden. Die Seelen sollten sterbliche Körper erhalten und alles vergessen, solange sie lebten.
Des Fürsten Bedingung war, daß die Seelen nach ihrer irdischen Existenz zurück mußten in das Reich der Finsternis, denn ganz freigeben wollte er sie nicht. Daniel

oder David, es spielte keine Rolle wer er war, erhielt seine Chance wie alle anderen auch. Wieder hörte er diese Stimme, die so lange geschwiegen hatte:

„Du sollst Geduld lernen und Zuversicht – nimm deshalb dieses Leben auf der Erde an."

Was für ein Leben wurde ihm geboten! Sein Bewußtsein war gefangen in einer starren Form, nur Dunkelheit überall. Keine Bewegung war ihm möglich, aber zum erstenmal seit tausend Jahren oder mehr, spürte er wieder etwas, die Elemente des Seins, neu und prickelnd. Die grobe Materie war sein Haus, er war ein Fels in der Brandung, ausgesetzt der Gewalt des Wassers, der Macht der Stürme, den befreienden Kräften der Erde und des Feuers. Erdbeben und Vulkanausbrüche beutelten seine Existenz, aber sie brachte ihn Stück für Stück der Freiheit näher, denn er war zuversichtlich, er spürte die Gegenwart einer göttlichen Macht. Als die Kräfte der Natur ihr Werk endlich beendeten, hatte er es gelernt – Geduld und warten –

„Nun sollst du zu leben lernen – wachsen, gedeihen und vergehen. Nur den Elementen ausgesetzt."

Wieder gefangen in einer Form, als Baum, der Sonne und der Kälte ausgeliefert, mal stark und mächtig im Frühjahr, mal schwach und müde im Winter. Nur nicht ungeduldig werden... Endlich spürte er wieder die Macht des Lichts, die Macht der Sonne. Die Blätter wurden durchflutet mit Wärme und Energie, der Stamm wurde mächtiger von Jahr zu Jahr. Die Wassertropfen, prickelnd und belebend, suchten sich ihren Weg in die Erde, dort wo die Wurzeln fest verankert waren mit dem Planeten. Im leichten Wind hin- und herwiegend, im Sturm kämpfend ums Überleben.

So war sein Dasein, aber er hatte gelernt, was es zu lernen gab.

„Du hast gelernt zu leben, nun sollst du lernen zu überleben . Jäger und Gejagter sein, nur den Instinkten folgend."

Mal Fisch im Wasser, mal Vogel in der Luft, bei sengender Hitze in der Wüste lebend, dann wieder dem Gesetz des Dschungels folgend. Alles hat er erfahren, alles erlebt. Sterben – leben – töten - getötet werden, alles was nötig ist, um eine fühlende und mitfühlende Seele zu werden. Nun konnte er sich endlich aufmachen, sein Selbst zu finden.

„Als Mensch sollst du auf Erden weilen, so ist es dir bestimmt. Mindestens zwölf mal zwölf Leben, einem Plane folgend, um alles wieder zu erlernen, was du so leichtsinnig aufgegeben hast."

Manche Leben waren hart und grausam, aber das was geschah, war eine Folge dessen, was er verursacht hatte. Er hatte wieder einen freien Willen und diesen wollte er niemals wieder verlieren. Viele waren so weit gekommen, aber alle mußten nach jeder irdischen Existenz als Mensch wieder zurück in das Reich der Finsternis, so war es abgemacht, so hatte es zu geschehen.

Der König aber wollte diejenigen zurück, die ihren Verrat bereuten, er wollte ihnen die Freiheit wiedergeben und da er wußte, daß der Fürst ein Spieler war, schlug er ihm eine Wette vor.
Wenn es einer einzigen Seele gelingen würde, den Versuchungen auf Erden zu widerstehen, unbeirrt dem Licht zu folgen und einen Funken Glauben unter die

Menschen zu bringen, dürfen alle Seelen, die diesen Funken Glauben in sich haben, das Reich der Finsternis verlassen.

Der Fürst war überzeugt davon, daß es niemandem gelingen würde und so ging er auf den Vorschlag ein, allerdings mit der Bedingung, daß für alle Seelen eine Rückkehr ins Land des Lichts für immer unmöglich wird, falls es dieser einen Seele nicht gelingen würde. Es war ein großes Risiko, alle wußten es, aber es war auch die einzige Chance für das Volk der Finsternis zu entkommen. Doch welche Seele würde stark genug sein, Glauben zu bringen, in eine Welt, in der man *ihn* vergessen hatte, in der sowohl das Gute als auch das Böse regierte, in eine Welt, in der man alles vergessen mußte, was man wußte. Es gab nur eine einzige Seele und alle wußten es – der König selbst.

Das Risiko war groß, denn wenn er versagte, war nicht nur das Volk verloren, sondern auch der stärkste Verbündete des Lichts wäre in der Gewalt des Fürsten. Die Finsternis war stark zu dieser Zeit und das Licht hätte den Verlust eines so bedeutenden Lichtwesens nicht ertragen. Aber es war der einzige Weg. Zwar erfuhr der Fürst durch seine Spione, wann der Zeitpunkt geplant war, aber er erfuhr nicht, wen der König aussenden würde, nicht im Traum dachte er daran, der König selbst könnte es sein.

Während die Sterblichen auf einen Erlöser vorbereitet wurden, ohne wissen zu können, wovon sie eigentlich erlöst werden sollten, sorgte der Fürst dafür, daß auch die Feinde bereitstehen würden. Schließlich betrat der König die Welt der Sterblichen und als der Fürst ihn endlich erkannte, war die Saat der Liebe und der Glaube daran bereits gesät, ein Lichtstrahl durchbrach die Dunkelheit.

Der Fürst schäumte vor Wut. Hätte er es früher gewußt, wäre alles gegen seinen Bruder geworfen worden, was der Fürst zur Verfügung hatte, aber nun war es zu spät, denn alles was er tat, verstärkte den Glauben nur noch und machte den König zum Märtyrer, einen solchen Gegner hatte er nicht erwartet. Der Fürst hatte seinen wichtigsten Kampf verloren, aber er löste seine Wettschuld ein. Jeder, der einen Funken Glauben hatte, durfte das Reich der Finsternis verlassen, immer ein wenig mehr dem Licht entgegen.

Viel Zeit ist vergangen seither, die Erde gehört nach wie vor beiden Mächten, die niederen Formen des Seins, Pflanzen und Tiere, wurden dem Machtbereich des Fürsten gänzlich entzogen, ihnen fehlt noch der freie Wille, um ihre Wahl zu treffen. Die Elfen, Feen und wie sie alle heißen, waren eins mit der Natur und dem Ganzen, sie leben in einer Welt weit ab von der Finsternis. Aber die menschlichen Seelen entscheiden in ihrer irdischen Existenz über ihr weiteres Schicksal, nur sie allein haben es in der Hand, wohin sie nach dem Ablegen des Körpers gehen werden.

Die Erde ist ihr Übungsplatz, die Liebe zu allem was i s t, ihr Ziel. Der Kampf tobt noch immer, auch die Saat des Fürsten ist aufgegangen, aber sein Reich zerfällt, denn die Seelen wollen sich von ihm lösen. Je mehr sein Reich zerfällt, um so wilder gebärdet sich die Bösartigkeit, aber ein Funken Liebe, ein Funken Glaube genügt, dem hat der Fürst nicht viel entgegenzusetzen. Er versucht das Licht zu vertreiben, denn nur das Dunkle nährt sein Reich, aber die Wahrheit sucht sich ihren Weg durch die Finsternis.

Lichtfäden umspielten David, er fand sich in dem Raum der Pyramide wieder. Alles hatte ihn sehr mitgenommen, der Preis, den er zahlen mußte war hoch, denn nun spürte er den Verlust von Dana und den Verlust des Lichts. Niemals, so schwor er sich, würde er den Weg wieder verlieren, den er gerade erst wieder zu gehen begonnen hatte. Aber er wußte auch, daß der Schatten alles gegen ihn werfen würde, um eine Umkehr zu erzwingen, der Schatten würde nach ihm greifen, je mehr er wieder ein Instrument des Lichts werden würde. Deshalb ist der Weg des Lichts so schwer zu gehen, weil die Finsternis versucht stärker zu sein.

Plötzlich verstand David. Alles hatte seinen Platz und alles seine Ordnung. In jedem Menschen steckten positive und negative Kräfte und beide waren notwendig, um eine Einheit zu bilden, denn sie gehörten seit ewigen Zeiten zusammen. Vergleichbar mit einem Blatt, das zwei verschiedene Seiten hatte.

Vor einer Ewigkeit, als das reine Licht herrschte, waren sich beide Kräfte ihrer Einheit bewußt und keine hielt sich für wichtiger als die andere. Erst als die positive Kraft sich für gut und die negative Kraft sich für böse hielt, ging die Einheit verloren und jede Kraft glaubte für das Ganze wichtiger zu sein als die andere. Und schließlich dachte die negative Kraft, sie bräuchte die positive Kraft überhaupt nicht mehr. Der Krieg war entbrannt.

Davids Welt hatte positive und negative Seiten, schaffende und zerstörende Elemente und jedes Ding hatte seinen Platz. Wie das Feuer in der Erde, so wirkte das Dunkle im Menschen. Verließ das Feuer den ihm zugewiesenen Platz, zerstörte es die geordnete Oberfläche und veränderte alles. Erlosch das Feuer aber im Innern der Erde, hörte sie zu existieren auf. Denn so zerstörend die einzelnen Kräfte auch sein konnten, so heilend konnten sie auch sein.

Wandelte man die zerstörende Kraft des Feuers in Licht und Wärme um, so entstanden heilende Kräfte. Es kann nur Licht und Wärme entstehen, wenn das Feuer existiert, so schrecklich seine zerstörenden Eigenschaften auch sein mögen. Nur wenn das Feuer außer Kontrolle gerät, wird alles vernichtet und die Harmonie zerstört.

Beim Menschen ist es nicht anders. Verläßt das Negative in ihm seinen Platz, verändert es ihn so sehr, daß er sich selbst nicht mehr erkennt. Wenn er aber gelernt hat, die unbändige Kraft des Negativen zu kontrollieren und sie in positive, aktive Schöpfungskraft umzuwandeln, so kann er seinen Zorn als Antriebskraft für positive Veränderungen in der Welt nutzen und dadurch werden selbst zerstörerische Kräfte zu heilenden. Es kommt immer nur auf das Ziel an - die einzig wahre, reine Liebe zu allem was i s t -

Der Fürst hatte seinen Platz verlassen, der Platz an dem er notwendig gewesen war für die Einheit und nützlich für das Ganze. Doch dieser Platz war ihm nicht genug, er wollte alles.

David stellte fest, daß er sehr weit von seinem Ziel, die Einheit herzustellen, abgekommen war. Er konnte sich allerdings kaum an seine Aufgaben als Reiter des Lichts erinnern, er sah nur, was er anrichtete, als er zu ihren Gegnern wurde. Plötzlich wußte er auch, in was für einen Kampf die Zwölf gezogen waren, er bewunderte sie für das, was sie taten. Sie durften versuchen die Ordnung wiederherzustellen. Irgendwie war es ein Krieg und doch wieder auch keiner.

Die Zwölf

„Ja, es herrscht Krieg, in dieser wie in jener Welt, in allen Welten", bestätigte Marlengos. David verbrachte seit seinen Erfahrungen in der Pyramide viel Zeit mit Marlengos am Meer. Das sanfte Rauschen der Wellen, der leichte Wind, all das liebten beide sehr.

Marlengos fuhr fort: „Jedenfalls ist es irgendwie ein Krieg und er begann hier, in diesen Welten, aber es ist natürlich ein anderer Krieg, als das was die Sterblichen darunter verstehen. Eigentlich verstehen sie überhaupt nichts von ihren Kriegen, sie sind Marionetten der Mächte, ohne es zu wissen. Sie glauben, daß man durch das Töten eines Gegners irgend etwas gewinnen könne, dabei werden die Kräfte nur verlagert, in diese Welten.

Im irdischen Krieg sterben Menschen mit Haß im Herzen und Wut im Bauch und gehen hier in das Land der Dunkelheit ein, weil die Gefühle das irdische Leben überdauern, sie vergrößern hier das Heer der Finsternis und leiden weiter. Mörder und Opfer sind aneinandergekettet bis das Opfer seinem Mörder verzeihen kann, erst dann sind sie voneinander frei und jeder kann seinen eigenen Weg gehen. Es herrscht das Gesetz der Gerechtigkeit durch Wiedergutmachung. Auge um Auge, Zahn um Zahn. Das Opfer erhält das Recht sich zu rächen, in einem neuen irdischen Leben, aber erst wenn es auf dieses Recht verzichtet hört das Rad des Schicksals sich zu drehen auf. Niemand kann ein Lebewesen wirklich töten, denn es ist unsterblich und lebt in diesen Welten weiter, es gibt keine Ausnahme. Die Planeten des Universums waren nie frei von Gewalt, auch wenn es inzwischen Welten gibt, wo Gewalt nur eine untergeordnete Rolle spielt. Die Erde ist ein Planet, wo Licht und Schatten noch stark aufeinanderprallen, wo

Menschen Krieg spielen, zwischen den Völkern und auch im kleinen persönlichen Bereich. Aber der eigentliche Krieg, der zwischen den Seelen tobt, ist ein ganz anderer.

Die Reiter des Lichts versuchen ihr Bestes, überwiegend in diesen Welten, aber manchmal kannst du sie auch in den irdischen Welten sehen. Sie nehmen ihre Aufgaben sehr ernst, sie versuchen die Ordnung wieder herzustellen, indem sie durch die Länder der Finsternis reiten, um einen Funken Licht, einen Funken Liebe zu suchen. Sie schützen die Grenzen und sie sind Helfer und Kuriere in allen Ebenen des Seins. Das setzt voraus, daß sie sehr willensstark sind, um so den Anfechtungen widerstehen zu können. Ihr Ziel sind die Seelen, bei denen die negative Seite ihren Platz verlassen hat und nun zerstörend auf die Ordnung wirken. Sie wollen deren Gleichgewicht wiederherstellen und sie für das Heer des Lichts gewinnen, damit es eines Tages wieder so ist, wie es sein soll. Aber das Dunkel will an die Oberfläche, will auch etwas zu sagen haben, deshalb bricht es immer wieder aus und verläßt seinen ihm zugewiesenen Platz. Und solange auf Erden die zerstörenden Kräfte an der Macht sind, herrscht Dunkelheit in den Seelen der Menschen, sie haben den Sinn für die Ordnung verloren und irren im Chaos umher. Die meisten gestehen sich ihre negativen Seiten nicht einmal ein, dabei ist das Negative, im Menschen die treibende Kraft, sie läßt sie überleben und handeln.

Nimm zum Beispiel den Gedanken ´ ich will ´ . Das allein ist die Kraft, die die Menschen leitet, der freie Wille ist das, was den Menschen ausmacht und immer wenn er etwas ´ will ´, ist das der Ausdruck seines freien Willens. Aber es ist auch immer eine egoistische Kraft, weil das was er will nicht das sein muß, was alle anderen auch wollen oder für alle anderen gut und notwendig ist. Dadurch werden solche negativen Eigenschaften aber nicht böse oder schlecht, denn sie sind neutral. Du hast nur die Wahl sie in den Dienst höherer Ziele zu stellen oder nicht, du kannst auch mit Egoismus der Liebe dienen, wenn aber nicht, dann endet derselbe Egoismus in Terror und Gewalt. Diese negativen Kräfte dürfen niemals ausschließlich dein gesamtes Leben bestimmen. Es gibt allerdings Menschen, die einzig diese negativen Kräfte verkörpern, so daß es als Gegenkraft Menschen geben muß, die genau das Gegenteil sind. Normalerweise hat man beides in sich vereint und man kann die Kräfte nutzbar machen, wenn man sie der Liebe unterstellt und somit die negativen Kräfte auf ihren wichtigen Platz verweist.

Die negative Kraft gehört nicht an die Oberfläche, so wie auch das Feuer ins Erdinnere gehört und an der Oberfläche nur dann gut ist, wenn es kontrolliert eingesetzt wird. Es wird immer wieder den Ausbruch von Feuer geben, denke an Vulkanausbrüche, vielleicht muß es so sein – wer weiß das schon . Man kann die negativen Kräfte im Menschen weder vernichten noch vertreiben, man muß sie als gegeben zur Kenntnis nehmen, sie sind ein Teil des Menschen, aber schenke ihnen keine Aufmerksamkeit, sondern konzentriere dich bei deinem Denken und Handeln immer auf das Ziel Liebe.

Der Weg vom Kopf zur Hand führt immer über das Herz, vergiß das nie.

Die Zwölf wollen der Finsternis ihren Platz zeigen. Sie wollen einen Funken Licht zu denen bringen, die in der Dunkelheit bereits verloren sind, damit dieser Funke ein neues Feuer entfacht und dieses Feuer genutzt werden kann, Licht und Wärme in die Herzen der Menschen zu bringen. Du siehst, dieser Kampf ist kein Kampf gegen etwas, es soll nichts vernichtet werden, sondern es wird etwas gebracht. Wir können den Haß nicht vernichten, so wie wir auch Lebewesen nicht wirklich töten können, aber wir können den Haß überzeugen zu lieben und ihm zeigen, daß er keine Macht mehr über uns hat. Dieser Weg ist qualvoll und sehr lang, aber es ist der einzig richtige."

Marlengos lächelte als er David beobachtete, wie er Figuren in den Sand malte. Was hatte David doch alles gelernt in der kurzen Zeit, seine Erinnerung kam langsam zurück, der Schleier des Vergessens riß. Dana hatte also recht behalten, als sie Marlengos bat, sich seiner anzunehmen. Marlengos wußte um die Herkunft Davids, auch um seinen Verrat und das machte ihn traurig. Auf der anderen Seite bewunderte er ihn für den Mut, den er aufbrachte, diesen Weg zu gehen. Wieder einmal fragte er sich, ob er selbst diesen Weg hätte gehen mögen.

„Mich würde interessieren, ob die Zwölf es schaffen", meinte David gedankenverloren.
„Wenn du willst, sehen wir uns ein wenig bei ihnen um", erwiderte Marlengos. Natürlich wollte David und so besuchten die beiden noch einmal den Spielplatz, wo die Reise der Kinder begonnen hatte. Sie betraten den Hügel, auf dem einsam und verlassen ein geschlossenes Tor stand. Rundherum war nichts als Wiese mit duftenden und leuchtenden Blumen. Marlengos machte ein Zeichen mit der Hand und das Tor öffnete sich.

Die Wiese dahinter hatte sich verändert, helles Licht und strahlender Glanz umgab die beiden, als sie das Tor durchschritten. Sieben Tore waren plötzlich vorhanden, sie standen weit auseinander und waren kreisförmig angeordnet und jedes Tor erstrahlte in einer anderen Farbe.

„Was du hier siehst", begann Marlengos, „sind die Wege des Lichts, jeder Funken Liebe erzeugt eine Kraft und jede Kraft ist ein Weg ins Licht. Jeder, der als Sterblicher auf Erden weilt, kann sich dieser Kräfte bedienen. Aber wer direkt durch eines dieser Tore geht, unterstellt sich völlig dieser einen Kraft, unterwirft sich ihrer Macht und erfährt die Gegenmächte in ihrer vollen Stärke. Diese Wege sind beschwerlicher als die einfachen Wege durchs Leben und sie sind mühsamer, aber jeder der will, kann sie wählen.

Als einfacher Sterblicher setzt man sich kleinere Ziele. So will man vielleicht an vier Menschen das Unrecht wiedergutmachen, welches man verursacht hat. Man agiert in einem kleinen, überschaubaren Bereich und wenn das Vorhaben mißlingt, ist der Schaden relativ gering und betrifft in erster Linie einen selbst. Die Zwölf aber wollen Lichtquellen bilden, an denen sich andere, Tausende, vielleicht Millionen, orientieren sollen und wenn ein solches Vorhaben mißlingt ist der Schaden gewaltig. Der Fürst der Dunkelheit hat natürlich ein großes Interesse daran, daß diese zwölf Seelen versagen, denn sie stören seine Interessen. Er wird seine Gegenkräfte mobilisieren, um das Vorhaben zum Scheitern zu bringen. Deshalb sind die Wege so gefährlich, denn wer viel Licht bringen will, wird viel Schatten ernten. Die Gegenkräfte sind vom Haß vergiftete Seelen, die Gewalt und Terror bringen, Wut und Eitelkeit werden losgelassen, um sich an den Seelen zu vergreifen und um ihnen zu schaden.

Die Zwölf betreten die Erde aus reiner Liebe zu den Lebewesen dort, mit der Hoffnung in ihnen das Licht zu entzünden und da das sehr schwierig ist, haben sie sich die Aufgaben geteilt. Immer zwei, ein Junge und ein Mädchen, sind einen der Wege der Kraft gegangen. Um sich vollkommen darauf konzentrieren zu können, stellen sie jedes persönliche Interesse zurück und werden die absoluten Gegenkräfte zu spüren bekommen. Sie hatten die Wahl zwischen sechs möglichen Wegen, das siebte Tor, hier rechts neben uns, hat eine andere Bedeutung."

David erfuhr, daß den Zwölf zunächst nicht bewußt sein würde, daß sie gemeinsam handelten, denn auch ihnen war jede Erinnerung genommen. Aber sie würden im Laufe ihres Lebens voneinander hören und sie würden fühlen, daß sie sich kannten und gemeinsame Ziele verfolgten.

„Sie werden es nicht leicht haben", meinte Marlengos, „noch sind sie Kinder, aber der Schatten greift bereits nach ihnen. Wenn wir uns die Tore näher ansehen, dürfen wir zwar nicht hindurch, aber das Tor wird uns alles zeigen, was wir wissen wollen. So auch die Zukunft der Zwölf, soweit sie bis jetzt schon absehbar ist. Es wurden alle denkbaren Möglichkeiten bei der Planung in Betracht gezogen, die Ziele, die Gegner, die Gefahren und die Verlockungen. Die Schutzgeister stehen bereit, sie werden auf die Gefühle Einfluß nehmen, damit die Zwölf erahnen, wer es gut und wer es böse mit ihnen meint. Sie dürfen natürlich nur eingreifen, soweit es nötig, möglich und erlaubt ist. Wir wollen nun sehen, ob der Plan gelingt."

Beide begaben sich zu dem ersten Tor links von ihnen.
Es erstrahlte in einem leuchtenden Rot und zeigte den Weg der Menschlichkeit an, diesen hatten Amos und Amelie gewählt . David sah deutlich die Welt von Amos vor sich entstehen, aber nicht wie auf einer Leinwand, eher so, als würde man in einen anderen Raum sehen, als könnte man mit einem einzigen Schritt diese Welt betreten. Amos wuchs in einfachen Verhältnissen auf, in

einem Land, wo Reichtum und Armut als krasse Gegensätze in Erscheinung traten. Die Armen lebten in unmenschlichen Behausungen. Diese Unmenschlichkeit hatte Amos bewegt und ließ ihn nichts anderes mehr denken und so entschloß er sich in die Politik zu gehen, um dem Leid entgegenzutreten. Die Bilder der Zukunft zeigten, daß Amos sein Ziel Politiker zu werden, erreichen würde, sie zeigten auch den Schatten, der langsam in seine Nähe kroch. Er würde zum Spielball machthungriger Mitstreiter werden, die sein Leben bestimmen wollten. Der Egoismus war die Gegenkraft zur Menschlichkeit und würde Amos den machtgierigen Egoismus nicht erkennen, wäre alles vergebens. Der Egoismus hatte schöne Gesichter, alle Annehmlichkeiten des Lebens würde er Amos bieten, aber David sah, daß Amos ihn durchschauen und so zum Freund der Armen werden würde. Aber das könnte sein Todesurteil sein, denn die Feinde in seinen eigenen Reihen planten seinen Tod.

Marlengos erklärte, daß die Schutzgeister einiges zu tun bekommen würden und es nicht einmal sicher sei, daß sie seinen frühen Tod verhindern könnten. Aber auch wenn es nicht gelinge, würde er doch in den Menschen weiterleben und sie würden seine Ideen weiterverfolgen. Amelie lebte auch in Amos` Land, aber sie wuchs auf der Sonnenseite des Lebens auf, reich und schön wie sie war, hatte sie von dem Leid in ihrem Land noch nichts bemerkt. Schauspielerin wollte sie werden, um alles auszukosten, was ihr das Leben zu bieten hatte. Die beiden Betrachter sahen viele Jahre später eine Amelie, die weit von ihrem Ziel, Menschlichkeit zu bringen, entfernt sein würde. Die Eitelkeit würde sie erfassen und fast besiegen, sie würde Menschen wie Spielzeug behandeln und wegwerfen, wenn sie sich keinen Vorteil mehr von ihnen versprach.

Marlengos meinte: "Wir waren uns der Gefahren durchaus bewußt, denn Eitelkeit ist ein furchtbarer Gegner, Amelie wird von vielen falschen Freunden hofiert und das macht sie blind für das Leid, also wird das Leid zu ihr kommen müssen, damit sie sich erinnert."

David und Marlengos sahen, wie Amelie Jahre später von einer schrecklichen Krankheit befallen wurde, nur die wirklichen Freunde blieben bei ihr und sie erinnerte sich an ihren Auftrag . Sie würde viel Kraft brauchen, um ihrem bekannten Namen ein anderes, menschlicheres Gesicht zu geben, denn ihr schlechter Ruf eilte ihr voraus. David erkannte, daß das fast erloschene Licht wieder stärker werden würde, sie könnte es schaffen.

David und Marlengos gingen hinüber zum nächsten Tor, es erstrahlte in einem kräftigen Orange und wer hindurchging, betrat den Weg der Verantwortung, ihn gingen Ben und Bea.

Ben war ein begabter Schüler, der sein Leben der Wissenschaft widmen wollte. Bea, am Lernen nicht besonders interessiert, entdeckte früh in ihrer Kindheit Fähigkeiten an sich, die andere offensichtlich nicht hatten. So neigte sie zur Hellseherei und konnte mit ihren Händen heilen. Sie spürte eine große Kraft in sich und besonders sie war dem Fürsten ein Dorn im Auge. Sie war bereits jetzt in ihren jungen Jahren von einer kriechenden Dunkelheit umgeben, die ihre Macht vernichten oder in falsche Bahnen lenken sollte. Denn der Fürst konnte es nicht zulassen, daß die Sterblichen erfuhren, daß es noch andere Dinge zwischen Himmel und Erde gab, als die die sie sahen, denn dann konnten sie versucht sein, auch an *ihn* zu glauben. Viele Wesen des Lichts sahen auf Bea und versuchten, sie so gut wie möglich vor der Dunkelheit zu schützen.

Ben wurde tatsächlich Wissenschaftler , zum Wohle der Menschheit wie er glaubte, aber er war von Menschen umgeben, denen es gleichgültig war, was mit ihren Erfindungen geschah. Die Gleichgültigkeit, als Widersacher der Verantwortung, erfaßte auch ihn, denn er forschte der Forschung wegen , um seine persönliche Neugier zu befriedigen, ohne Rücksicht auf das Leben. Doch das Licht wurde plötzlich wieder stärker und so vernichtete er alles, bevor noch größeres Unglück geschah. Die Gleichgültigkeit konnte ihn nicht bezwingen, aber da war noch der Übereifer, der ihn blind machte, die Wahrheit zu sehen.

Der Fürst versagte bei Bea , denn die Gier nach Ruhm und Besitz hatte bei ihr keinen Erfolg, weil sie sich ihrer Verantwortung bewußt war und einfach nur helfen wollte. Die Menschen vertrauten ihr, aber die Macht des Fürsten war groß und deshalb sorgte er dafür, daß Ben gegen Bea vorging, um sie unglaubwürdig erscheinen zu lassen. Eine Zeitlang wurden sie tatsächlich erbitterte Feinde, bis Ben durch einen schrecklichen Unfall hinter die Grenzen des Todes sehen konnte und sich an seine Aufgabe erinnerte. Wenn er wußte, was dann zu geschehen hatte, konnten er und Bea mehr als nur einen Funken Licht in die Dunkelheit bringen.

Marlengos nickte zufrieden. Alle könnten es schaffen aus tiefer Verwirrung ins Licht zu finden und viele Seelen mitzunehmen.

Das dritte Tor war von gelbem Licht erfüllt und zeigte den Weg der Gerechtigkeit an. Chris und Cara betraten ihn und es zeigte sich ein sehr unruhiges Land, in dem niemand wußte, wie lange die Führenden an der Macht sein würden. Korruption war der Herrscher und Machtgier und Angst waren die Feinde der Gerechtigkeit, mit denen es die beiden aufnehmen sollten.

Das ganze Land war in Dunkelheit gehüllt und nahm den Menschen fast die Luft zum atmen. Chris wurde Richter in diesem Land, er war getrieben von dem Wunsch Gerechtigkeit zu üben, aber auch bedroht von der verlockenden Macht über Menschen in einem ungerechten Land. Fast zog es ihn in die Tiefe , aber er konnte der Versuchung widerstehen und seinen Weg finden.

Cara wurde Reporterin, ständig von der Angst verfolgt, das Leben zu verlieren. Obwohl sie ihre Gegner im Nacken spürte, deckte sie weiterhin die Mißstände auf. Die Angst machte sie fast bewegungsunfähig, so daß sie sich nur noch verkroch, um ihr Leben zu schützen. Aber dann faßte sie wieder Mut und konnte so auf den Weg der Gerechtigkeit zurückfinden.

Demis und Dhalia hatten das grüne Tor gewählt. Dies war der Weg des Mitleids und der Güte. Beide waren nicht im selben Land geboren worden, ihre Wege trennten sich vollkommen voneinander. Da sie aber derselben Kraft unterstanden, führte ihre seelische Verbundenheit sie eines Tages zueinander.

Demis wuchs während eines Krieges auf und wurde zum Krieger erzogen. In jungen Jahren konnte er das Licht in sich nicht erkennen, weil der Kampf ums Überleben einfach zu groß war. Voll von Haß und Wut stand Demis eines Tages Auge in Auge einem verletzten Feind gegenüber und erkannte , daß dieser so war wie er selbst. Mitleid besiegte seinen Zorn und er rettete ihm das Leben. Beide erkannten, daß Kriege immer nur von wenigen gewollt waren und daß es keine Sieger geben konnte. Sie wollten deshalb den Weg des Friedens gehen und der Menschheit diesen Weg aufzeigen.

Dhalias Land war friedlich und wundervoll, wenn man nicht hinter die Fassade blickte. Sie erkannte früh, daß Raubbau mit der Natur betrieben wurde und Tiere leiden mußten. Dagegen wollte sie etwas tun und anfangs war ihre seelische Kraft groß, aber die Mutlosigkeit verwandelte ihre Kraft in Hilflosigkeit, denn der Gegner war sehr stark. Dhalia hatte fast keine Kraft mehr, um Natur und Tiere zu schützen, ihr Mitleid und ihre Güte ließen sie beinahe an gebrochenem Herzen sterben. Der Schmerz wurde so unerträglich, daß sie dem Selbstmord nahe war, denn niemand konnte eine solche Last allein tragen. Doch der Funke, den sie in sich trug, sprang auf die Herzen anderer Menschen über und diese folgten Dhalias Beispiel und gaben ihr dadurch wieder Mut und Kraft .

Das blau schimmernde Tor führte zum Weg des Glaubens und der Hoffnung.
Die Kindheit von Eike und Esther war ruhig, beide wurden im Glauben an einen Schöpfer erzogen und beide wollten den Menschen helfen.

Eike wurde Geistlicher, um den Menschen Glauben zu bringen, Verrat und Intrige standen bereit ihn zu blenden. Esther wurde Ärztin, ihr Glaube an einen Gott war anfangs stark, aber die Verzweiflung darüber, nicht helfen zu können, erschütterte ihren Glauben. Der Fürst beschloß, daß die Verzweiflung noch größer werden sollte in ihrem Leben . Esther fiel in tiefe Depressionen. Sie mußte hilflos mitansehen, wie Kinder starben und war nicht in der Lage, etwas dagegen zu tun. Sie verlor den Glauben an ihren Gott, denn aus ihrer Sicht konnte es keinen Gott geben, der all das zuließ. Esther konnte Sterbenden schließlich nicht einmal mehr Trost spenden, denn wie sollte sie etwas weitergeben, an das sie nicht mehr glauben konnte.

Sie drohte am Schicksal zu zerbrechen, als es ihr das eigene Kind nehmen wollte. Was Esther bei anderen Kindern als Phantasterei abgetan hatte, öffnete ihr plötzlich das Herz. Auch ihr eigenes Kind sah ein helles Licht und zu diesem Licht wollte es. Es überzeugte seine Mutter, daß es nur dort glücklich sein konnte und sie sich eines Tages wiedersehen würden.

Diese Worte gingen Esther nie mehr aus dem Sinn. Wem sonst sollte sie glauben, wenn nicht ihrem eigenen Kind und so wurde sie zu einem starken Träger der Hoffnung und des Lichts.

Eike bemerkte kaum , wie man ihn manipulierte, wie sein wahrer Glaube immer mehr in den Hintergrund rückte und er nur noch Sätze aus angeblich heiligen Büchern wiedergab. Ihm wurden eigene Gedanken verboten und ihm wurde die Strafe des Himmels angedroht, wenn er etwas anderes behaupten sollte. Er drohte in geistiger Finsternis zu versinken, weil Irrglaube und Lüge um ihn waren. Warum lebten die Religionen nicht friedlich nebeneinander, es konnte doch nur einen Schöpfer geben, egal wie er hieß. War eine Religion, die Kriege gegen Andersgläubige billigte nicht nur ein Instrument der dunklen Macht, einer Macht, die zerstören und nicht vereinen wollte?

Eike war verzweifelt, aber schließlich entschied er sich für seine eigene Wahrheit, für seinen Gott. Er unterstand nur noch *ihm* und keinem, der sich für *seinen* Vertreter auf Erden hielt.

In Ben und Bea fand er Gleichgesinnte. Gemeinsam würden sie starke Lichtträger sein.

Das violette Tor zeigte den Weg der Begeisterung.

Als Fernando sich für dieses Tor entschied, glaubte er, der Weg ins Herz führe über die Musik. Felicitas begleitete ihn, um das Lachen zu den Menschen zu bringen.

Schon als Kind lernte Fernando die Macht und die Faszination der Noten kennen, so daß der Erfolg nicht lange auf sich warten ließ, denn sein Talent wurde schnell erkannt. Fernando produzierte die Musik, die man von ihm erwartete, von denen, die ihn bezahlten.

Routine bestimmte sein Leben, Teilnahmslosigkeit und Langeweile waren die Folge. Die Menschen, denen er Begeisterung bringen wollte, gingen ihm auf die Nerven, die Musik die er machte, war nicht seine. Er suchte die Erfüllung in anderen Dingen, im Nervenkitzel und der Sucht. Die Oberflächlichkeit machte sein Leben unerträglich. Ausgerechnet Felicitas rettete ihm das Leben, als sein Leben schon gar keines mehr war und die Leere ihn fast besiegt hatte.

Felicitas stand rechtzeitig an seiner Seite, mit ihrem Zirkus und ihrem Leben als Clown. Ihr größter Wunsch Clown zu werden, wie ihr Vater, hatte sich erfüllt. Auch sie wollte die Menschen, vor allem Kinder, begeistern, zum Lachen bringen und sie aus dem tristen Alltag in eine andere Welt entführen.

Durch sie wurde Fernando daran erinnert, was Begeisterung wirklich war und was sie vermochte. Er fand zu seiner Musik zurück und gab seine Träume an Millionen weiter.

Felicitas brachte viele Menschen zum Lachen, obwohl der Schatten stark war um sie. Trauer, Verlust und Einsamkeit bestimmten ihr Leben, aber auch wenn sie hinter ihrer Maske weinte, brachte sie Licht in die Herzen der Menschen , die ihr begegneten.

Marlengos sah mit Freuden, daß alle ihren Weg erfolgreich gehen konnten, sie alle würden zu irgendeinem Zeitpunkt aufeinandertreffen. Sie würden das Gefühl haben, sich schon lange zu kennen und sie würden am Ende ein Netz aus Licht hinterlassen.

Immer wieder werden Menschen auf die Erde gehen, um die Maschen des Lichtnetzes enger werden zu lassen, so daß immer mehr Seelen sich daran festhalten können.

Das letzte Tor war nun erreicht, es erstrahlte in einem weißen, aber sanften Licht und David fragte, was es mit diesem Tor auf sich habe.

„Es ist der schwierigste Weg des Lichts, der Weg der Selbstaufgabe. Wer dieses Tor wählt, stellt sich der ohnmächtigen Wut der Finsternis. Er geht den Weg einzig und allein für andere und als Ablenkung, um den Lichtträgern ihre Aufgabe zu erleichtern, damit diese unauffällig ihr Ziel verfolgen können und sich die Wut des Fürsten und die seiner irdischen Helfer nicht gegen sie richtet.

Wer diesen Weg wählt, geht ihn, damit das Schicksal an ihm erfüllt wird, er wird zu einem Objekt der Gewalten beider Mächte. Derjenige sagt nicht mehr ´ ich will ´, sondern ´ es soll geschehen ´. Es muß immer Menschen geben, die sich für die großen Dinge opfern, weil es für die Entwicklung der Menschheit nötig ist. Auch die Zwölf wollen Opfer bringen, damit das Licht erfolgreich sein kann, aber sie stellen sich nicht allen Gegnern gleichzeitig."

„Mein Gott, wer würde freiwillig einen solchen Weg gehen?" fragte David.

„Es gibt mehr von ihnen als du denkst und du kennst sogar einen von ihnen."

„Tassilo!"

„Ja, mein Freund. Er ist diesen Weg gegangen, es ist ein schrecklicher Weg."

Schweigend drehten beide sich um und verließen die Tore des Lichts.

Träumereien

Gedankenverloren ging David eines Tages am Strand entlang, längst hatte er erkannt, daß er nicht nach Antworten suchen mußte, die Antworten würden zu ihm kommen, wenn es wichtig für ihn war. Und so wählte er immer wieder das Meer um nachzudenken. Die Zwölf würden ihren Weg gehen und langsam machte auch David sich mit dem Gedanken vertraut, nochmals leben zu müssen. Oder wollte er es sogar? Auf jeden Fall würde er sich nicht so einen schwierigen Weg aussuchen wie die Zwölf oder wie Tassilo. Er war kein Held, wozu sollte er auch so eine Qual auf sich nehmen, wenn es auch anders ging. Da er sowieso nicht wußte, wohin er letztendlich gehörte, war es ihm auch egal wie oft er noch leben würde, bis er alles gelernt hatte, was er lernen sollte.

Tassilo konnte er verstehen, er wollte unbedingt zu seinen Feenkindern, er wollte in seine Welt, eine Welt, die er verstand und die ihn verstand, er hatte ein Ziel.
′Aber ich? Wohin gehöre ich wirklich? Es kann doch nicht der Sinn meines Daseins sein, hier am Strand entlang zu laufen, das kann doch nicht alles sein?′ dachte David bei sich. Er fühlte sich zwar sehr wohl, aber es tauchten immer wieder Bilder auf, wie das Gesicht von Dana oder Bilder von schnellen Pferden. Kaum faßbar waren diese Eindrücke, es war wie eine andere Welt und eine längst vergangene Zeit, als er noch stark war und Daniel hieß. Aber die Erinnerungen waren so zerbrechlich, kaum gedacht waren sie auch schon wieder verflogen. Dann waren da wieder andere Bilder, von Mary zum Beispiel, lange Zeit hatte er nicht an sie gedacht, doch in letzter Zeit ertappte er sich oft dabei. Diese Gedanken waren ihm nah und so gegenwärtig, daß er manchmal glaubte ihre Stimme zu hören...

Eine kleine Ewigkeit stand er still und hörte dem Rauschen der Wellen und dem Säuseln des Windes zu, der seine Gedanken aufnahm und über das Meer in entfernte Länder trug. Da war sie wieder, zart und traurig! Die Stimme von Mary, vom Wind zu ihm gebracht, leise und sanft, ein Lied, welches Mary oft gesungen hatte.

`Ich muß mich irren, meine Erinnerung spielt mir einen Streich `, dachte David.

Er blickte zu den Möwen, die über ihn hinwegflogen und mit ihrem Geschrei das Meer begrüßten. David sah auf das Meer hinaus, die Wellen umspielten seine Füße, das Meer gluckste und der Wind wurde stärker. David fühlte die Kraft, fühlte wie er selbst ein Teil dieses Elements wurde. Einfach nur dazustehen und die Macht zu fühlen, die sich ihm offenbarte.

Da war wieder das Lied und doch konnte es nicht sein.

`Es wird einen Sturm geben und das ist es, was ich höre.`

Und tatsächlich begann der Wind zu heulen, das Wasser veränderte sich, es wurde grau und unruhig. Es war das erstemal, daß David hier einen Sturm erlebte, bisher war das Meer immer gleichbleibend freundlich zu ihm gewesen, aber irgendwie paßte der Sturm zu den in ihm tobenden Gefühlen. Er verspürte keine Angst wie zu Lebzeiten, denn da war ihm ein Sturm am Meer immer unheimlich gewesen, wenn plötzlich riesige Wassermassen von nirgendwo das Land überfluteten. Jetzt war er eins mit dem Wind und er wäre gerne ein Vogel gewesen, freischwebend und auf dem Wind tanzend, doch selbst die Möwen waren nun verschwunden, ihr Geschrei war verstummt, zurück blieb nur noch das tosende Wasser, der tobende Wind – und ganz deutlich Marys Stimme, weit draußen auf dem Meer...

Mary hatte mit Bedauern bemerkt, daß David nicht mehr da war, sein Name stand nicht mehr an der Tür zu ihrem Haus und sie konnte ihn nirgends finden. Warum hatte David sie nicht mitgenommen? Aber vielleicht war das auch egal.

Mary hatte natürlich bemerkt, daß in diesem Land irgend etwas nicht stimmte, aber es interessierte sie nicht besonders und so lebte sie in ihrer Gleichgültigkeit einfach in den Tag hinein. Aber mit der Zeit wurde dieses Gefühl verdrängt von dem Gefühl der Traurigkeit. Sie wollte so gerne wieder lachen, es gelang ihr einfach nicht, niemand nahm Notiz von ihr in diesem Land und das machte sie noch trauriger. War dieses wirklich das Land ihrer Träume? Vor langer Zeit hatte sie es zumindest geglaubt, aber glücklich war sie nicht, sie wurde immer trauriger, nichts konnte sie mehr erfreuen.

Die Tage wurden ihr lang und überhaupt gab es hier offensichtlich gar keine Nacht und sie begann die Nacht zu vermissen, die sie einst so verflucht hatte. Es gab Tage, da ertrug sie die Sonne nicht mehr, da irrte sie umher in der Hoffnung etwas zu finden, was anders war, als dieses hier.

Alles war so eintönig, die Wege, die sie ging, waren gleichbleibend schön und unbeschwerlich. Eines Tages aber tauchte neben ihr ein fremder Weg auf, den sie bisher nie bemerkt hatte. Einen Augenblick zögerte sie, doch dann faßte sie Mut und ging diesen neuen Pfad.

Es gab viele Wege ein Land zu verlassen und so entfernte Mary sich unmerklich von ihrem schönen Zuhause und gelangte an das Meer der Tränen, denn für ihre Trauer gab es nur diesen Platz. Sie gelangte dorthin, lange Zeit nachdem David den Ort wieder verlassen hatte und nun saß sie, wie er damals, auf dem schwarzen Felsen und starrte in die Tiefe, um dem Treiben der Fische zuzusehen. Mary konnte oder wollte ihre Träume nicht aufgeben und so saß sie reglos da und wußte nicht, wie es weitergehen sollte.

Irgendwann war dann auch die Trauer verbraucht, nur Leere und Einsamkeit blieben zurück und sie wollte davonlaufen, aber wohin? Endlich tauchte am Horizont ein leeres Boot auf, führerlos treibend bewegte es sich auf ihren Felsen zu. Als es Mary erreichte, stieg sie hinein und ließ sich entführen, irgendwohin.

Aus dem leichten Wind war ein Sturm geworden, als sie schließlich eine Insel erreichte. Um ihre Angst zu betäuben sang sie mit trauriger Stimme ein Lied und gab es dem Wind mit auf seine Reise, sie blieb auf der Insel zurück, während das Boot seine Fahrt fortsetzte.

Eben dieses Boot tauchte nun am Horizont auf, während David auf das Meer starrte, auf der Suche nach der Stimme. Natürlich fand das Boot auch diesmal sein Ziel und David kletterte hinein, es trieb der Stimme entgegen und brachte ihn schließlich zur Insel.

Die Freude war groß und wieder waren Mary und David eine Zeitlang glücklich und zufrieden. Sie bummelten am Strand entlang, erkundeten das Innere der Insel, niemand außer ihnen war dort und sie waren allein mit sich selbst. Endlich konnten sie zusammen einen Sonnenuntergang oder den Sonnenaufgang sehen, die Sterne in der Nacht und das Schweigen der Dunkelheit genießen.

„Es müßte immer so sein wie jetzt", schwärmte Mary und sah verträumt aufs Meer hinaus.

„Ja, aber man müßte wieder richtig leben, wieder richtig lebendig sein", erwiderte David.

„Richtig lebendig?" Mary mußte lachen. „Wir sind doch richtig lebendig, was du immer redest!"

Erstaunt sah David Mary an, konnte es sein, daß sie gar nicht wußte, was nach diesem Leben kam? So wie er sich an ein Leben vor dem Tod nicht erinnerte, als er noch lebte!

„Wo bist du gewesen, bevor wir uns trafen, Mary?"

„An einem traurigen Ort, mit schwarzem Wasser und bunten Fischen und davor in einem kleinen Haus mit dir. Was soll diese Frage?"

„Ich meine, wo warst du, bevor ich dich aus dem trostlosen grauen Land mitnahm?"

„In einer furchtbaren Dunkelheit", antwortete sie, „eisig war es dort und es hat mir nicht gefallen."

´ Aber das konnte doch nicht alles sein ´, dachte David, ´ ich kann mich doch auch an ein vorheriges Leben erinnern und an viele Leben davor ´.

„Sonst kannst du dich an nichts erinnern?"

„Woran um Himmels Willen soll ich mich denn erinnern? Manchmal bist du wirklich eigenartig."

Sie schien etwas verärgert zu sein, aber David ließ sich nicht beirren.

„Du hast vor diesem Leben hier, in einer anderen Welt gelebt, dort gibt es Leben und Liebe, Leid und Tod. Es gibt dort Menschen, die du geliebt hast, die gestorben sind und hierher kamen. In diesem anderen Leben werden Kinder geboren, so wie du geboren wurdest, eine Welt in der du selbst einmal Kind warst."

„Was ist ein Kind? Und was bedeutet Tod? Ich weiß wirklich nicht wovon du redest. Und ich will es auch nicht wissen!"

David gab auf, ihr noch etwas erklären zu wollen, zwischen ihm und ihr lagen Welten, es war beinahe so, als sei ihr Bewußtsein noch gar nicht erwacht, als lebe sie in einem Traum. Wollte er tatsächlich mit dieser Frau ein Leben verbringen? Konnte er aus so einem Leben etwas lernen, wo er ihr doch offensichtlich schon so weit voraus war, aber warum war er mit ihr zusammengetroffen, auch dafür mußte es doch einen Grund geben.

David sah sie lange an und stellte sich vor, wie ein Leben mit ihr aussehen könnte, in einer Welt, in der auch er alles vergessen haben würde. Der Gedanke war ihm auf jeden Fall nicht unangenehm, er konnte es sich sogar recht nett vorstellen...

Doch plötzlich sah er wieder Dana´s Gesicht vor sich, er sah sich selbst auf einem weißen Pferd, schnell wie ein Pfeil davon galoppieren. Und er fühlte sich frei, bei Mary hingegen fühlte er sich gefangen in einer Welt, die nicht die seine war. Und doch war seine Welt mit ihrer verbunden – durch ein Gefühl der Zuneigung? Wohl auch, aber in erster Linie war es die Einsamkeit, die beide zusammengeführt hatte, das durfte er nicht verwechseln. Man konnte auch zu zweit einsam sein, aber nur weil man gemeinsam einsam war, änderte es nichts an der Einsamkeit der Seele, man konnte sich nur besser belügen und sich einreden glücklich zu sein. Er würde auch mit Mary einsam bleiben, denn er suchte etwas anderes, so wie auch Mary ihre Bestimmung suchte. Er mochte sie sehr gern und ein Leben mit ihr würde ihm gefallen, aber es konnte nicht für Dauer sein, es würde für beide nur ein kurzes Gastspiel im Spiel des Lebens sein, wahrscheinlich lehrreich für beide, aber nichts für die Ewigkeit. So wie es mit seiner Frau aus dem früheren Leben gewesen war, nichts für die Ewigkeit. Vielleicht hat sie es sogar gewußt, vielleicht wollte sie ihn nur für ein paar Jahre begleiten, weil es wichtig für sie beide war. Und er glaubte es sei für immer, wie wenig er doch verstanden hatte, damals. `Wenn ich nochmals leben muß, dann würde ich gerne Mary dort treffen`, gestand David sich ein.

Plötzlich wurde er von Mary aus seinen Träumen gerissen.

„Ich muß gehen", sagte sie und stand auf.

„Wieso? Wohin?" wollte David wissen.

„Ich weiß nicht... irgend jemand ruft nach mir. Ich muß gehen, aber wir sehen uns wieder, ich weiß es."

Mit diesen Worten drehte sie sich um und rannte davon. David sprang auf, um ihr zu folgen, er sah gerade noch, wie sie in einen hell erleuchteten Weg einbog. Als er diese Stelle erreichte, war der Weg verschwunden, denn für ihn existierte er nicht.

Aber auch er wußte, er würde sie wiedersehen, in einer anderen Welt, in einem anderen Leben.

Zukünftige Vergangenheit

David erwachte am Strand, Marlengos saß neben ihm, er sah alles, was David beschäftigte, auch, daß er jetzt verwirrt war und warum.

„Frag mich bitte nicht, ob du alles nur geträumt hast. Ich kann dir dazu nichts sagen, nur, daß es da draußen wirklich eine Insel gibt, aber ich habe sie nie gesehen, nur von ihr gehört."

„Marlengos, ich bin so verwirrt! Auf der einen Seite ist da Mary, mit der ich mir ein bequemes und vergnügliches Leben vorstellen könnte, dann wieder kommt mir so ein Leben verschwendet vor, so unnütz. Ich frage mich, ob es nicht sinnvoller wäre, mich meinen Aufgaben zu stellen, um meine Schuld abzutragen und um alles wieder gutzumachen, was ich anderen angetan habe. Aber wiederum erschreckt mich diese Vorstellung und ich frage mich, wozu ich das alles auf mich nehmen soll. Warum kann ich nicht einfach in den Tag hineinleben wie Mary, ohne Fragen zu stellen, ohne mir Gedanken zu machen. Aber auch diese Vorstellung erschreckt mich zutiefst. Und dann kommt mir wieder Dana in den Sinn, ich weiß einfach, daß ich zu ihr gehöre, ich würde für sie durch die Hölle gehen!"

„Du bist leichtsinnig mit deinen Versprechungen, jemand könnte dich beim Wort nehmen, mein Freund! Du wirst dich eines Tages entscheiden müssen und du wirst es können. Mary ist weit entfernt von der Welt Danas und du stehst dazwischen. Immer mehr wird dir die irdische Welt fremd werden, wenn du erst einmal erkannt hast, wohin du gehörst. Denn dein wahres Wesen ist der Geist. Die irdische Welt wird für dich eines Tages nicht mehr Sinn deines Daseins sein, sondern Mittel zum Zweck, nur notwendig, um deine wirkliche Bestimmung zu erlangen. Aber zunächst mußt du dich von dem irdischen Kreislauf befreien und dazu gehört, daß du den karmischen Knoten löst, der immer wieder von dir verlangt zu leben, um aufgebaute Schuld abzutragen. Wenn du das geschafft hast, gehörst du in die Welten des Geistes, aber auch davon gibt es unendlich viele. So wie Tassilo wußte, wo sein Platz im Gefüge des Seins war, wirst auch du es erfahren, wenn es an der Zeit ist.

Mary ist noch sehr blind und taub für diese Dinge, aber auch sie wird eines Tages anfangen Fragen zu stellen und sie wird nach Antworten suchen. Es ist durchaus möglich, daß ihr euch im nächsten irdischen Leben begegnen werdet, nur Dana wirst du in einem irdischen Leben nicht finden, sie mußte diesen Weg nie gehen, sie hat andere Aufgaben, die nicht weniger aufregend sind."

„Und tief im Innern weiß ich, daß das auch meine Aufgaben sind", sagte David. „Du hast recht, ich weiß nicht, wohin ich gehöre und ich weiß auch nicht, was ich wirklich will. Also werde ich einfach aufnehmen, was mir das Schicksal in den Weg legt, ob gut oder schlecht. Und ich werde versuchen, damit fertig zu werden. Ich werde versuchen das Beste daraus zu machen, in diesem wie in einem anderen Leben. Immer die Schritte nacheinander gehend und abwarten, was geschieht."

„So ist es recht, David. Doch nun komm, eigentlich wollte ich dich ja abholen, denn du hast eine Verabredung."

„Ich habe eine Verabredung? Mit wem ? " fragte David.

„Komm einfach mit und stelle keine Fragen."

Und so gingen sie schweigend nebeneinander her. Wohin würde Marlengos ihn bringen? Aber David fragte nicht, sein Vertrauen war grenzenlos, Marlengos würde nie Unmögliches von ihm verlangen und er würde nie lügen. Wenn er also sagte, David habe eine Verabredung, dann hatte er auch eine.

Sie durchquerten einen Wald, den David schon lange kannte und doch war er jetzt anders. Denn vor Ihnen tauchte ein See auf, den David noch nie gesehen hatte. Er lag am Fuße eines Berges und sie konnten einen breiten Wasserfall sehen, der vom Berg herab im See mündete. Beide betraten ein Floß, das am Ufer auf sie wartete und während sie in Richtung Wasserfall trieben, bemerkte David erstaunt, daß es gar kein Wasser war, auf dem sie sich befanden. Es sah aus, wie in der Sonne glitzerndes Wasser, aber es war eine Art Licht, - ein Energiestrom vielleicht. David steckte eine Hand hinein und sofort fühlte er eine wohlige Wärme und eine Zufriedenheit, die ihn ganz durchflutete, eine Kraft, die ihn in absolute Ruhe versetzte und er wünschte sich, dieses Gefühl möge immer so bleiben.

Sie hatten den Wasserfall aus Licht erreicht und ließen sich durch ihn hindurchführen in das Innere des Berges, es war der Anfang einer nicht enden wollenden Bergkette. Töne von unglaublicher Zartheit bildeten eine wundervolle Musik und verzauberten ihre Zuhörer. War dieses der Ausgangspunkt der Lichtwege, die David gegangen war, bezogen die Wege ihre Kraft von hier?

Die Höhle war lang und hell, die Wände funkelten wie Diamanten, Töne formten sich zu Wesen aus Musik und umtanzten voll Fröhlichkeit die beiden Reisenden. Formen perfekter Harmonie erzeugten Bilder und Gestalten, die sie auf ihrer Reise begleiteten. Die Fahrt war lang, aber David hoffte, sie würde noch lange andauern. War das ein Teil der Welt, die Tassilo betreten hatte? Für einen Augenblick kam ihm dieser Gedanke...

Viel Zeit verging. Außerhalb der Bergkette, die David und Marlengos durchquerten, zogen die Länder vorbei. Längst schon hatten sie alle Länder verlassen, die David je kennengelernt hatte, aber der Weg führte nicht dem Licht entgegen wie David glaubte. Die Welten wurden dunkler, trauriger und kälter, sie waren so vielschichtig wie die Gedanken und Gefühle, der in ihr lebenden Seelen. Alles, was die Phantasie eines Menschen hervorzubringen vermochte, manifestierte sich in diesen Ländern, eben auch in ihrer furchtbaren Version. David und Marlengos folgten dem Licht, bis das Floß schließlich stoppte und ihnen so anzeigte, daß sie auszusteigen hätten.

Durch einen schmalen Ausgang konnten sie das Innere der Höhle verlassen, beide standen nun oben auf der Bergkette, die sich in die Unendlichkeit erstreckte . Wie eine Mauer trennte sie zwei Welten voneinander. Die eine erstrahlte noch in einem schwachen Licht, die andere sah aus, als beginne dort das Nichts. Ein Abstieg zur Seite des Lichts war nicht möglich, eine unsichtbare Kraft verhinderte, daß jemand aus der Dunkelheit unerlaubt das Land verlassen konnte.

David sah in die Richtung der absoluten Finsternis, er glaubte, vereinzelnd rotfunkelnde Augen zu sehen, die auf etwas zu warten schienen. Ihm war das Ganze unheimlich geworden, dieses beklemmende Gefühl hatte er damals gehabt, als er in seinem ersten Land war.

Als er nun so still auf dem Berg stand, erkannte er, daß er noch nicht frei war, von diesen Ängsten, die ihn lähmten. Und er würde nie frei davon sein, niemand wird es je sein, denn Angst ist Bestandteil eines jeden und er spürte, daß selbst Marlengos nicht frei war davon. Dieses Angstgefühl unterschied sich nur wenig von der Angst, die er spürte, als er dem Ungeheuer im Elfenland gegenüberstand und doch war es anders, denn das Ungeheuer erwachte nicht. Diese Angst, die er jetzt empfand, war keine Warnung vor etwas Verbotenem, es war eine Herausforderung. Er durfte sich nicht lähmen lassen, sondern mußte sich dieser Angst stellen, denn diesmal war es eine Angst, die ihn hindern wollte, das für ihn Richtige zu tun.

´ Ich würde für Dana durch die Hölle gehen, habe ich gesagt ´, dachte David, ´ nun muß ich es auch tun. Ich habe Angst, aber auch Vertrauen, daß alles nur geschieht, weil es geschehen muß´.

Er wußte plötzlich, daß er die Länder, wenn er sie schon betreten mußte, auch wieder verlassen würde.

´ Ich werde die Herausforderung annehmen ´, entschied David.

Dann nickte er Marlengos zu, der ihn schon eine ganze Zeit beobachtete und genau wußte, was in ihm vorging. Marlengos lächelte und beide begannen den Abstieg in Richtung der Finsternis. David sah wie das Gewand von Marlengos zu leuchten begann und auch an sich selbst bemerkte er ein weißes Licht. Nicht so stark wie das von Marlengos, aber es gab David genügend Sicherheit und das Gefühl, das Richtige zu tun.

Unten angekommen standen sie abwartend da und Marlengos Augen suchten den Horizont ab, plötzlich hob er den Arm und zeigte auf die rechte Seite des Horizontes.

„Sie kommen", sagte Marlengos.

David blickte in die angewiesene Richtung und sah ein weißes Licht auftauchen, blendend hell und die Augen der Finsternis wichen erschreckt ins Innere des Landes zurück. Das Licht wurde größer und dann hörte er sie...

Hunderte von Pferden mußten es sein, sie zogen mit unglaublicher Geschwindigkeit am Horizont entlang. David konnte Reiter in weißen, wehenden Gewändern auf weißen Pferden ausmachen. Ein Reiter löste sich von der Gruppe und mit ihm ein weiteres Pferd ohne Reiter, sie kamen schnell wie der Wind auf David und Marlengos zu. Es war atemberaubend und David begann zu verstehen...

Der Reiter hatte sie erreicht – es war Dana! Und das weiße Pferd an ihrer Seite war sein Pferd, das seit Anbeginn der Zeit auf ihn wartete, um mit ihm seiner Bestimmung zu folgen.

Dana lachte und ihre Fröhlichkeit steckte ihn an, alle Angst war verflogen. David wußte, daß dieses nur ein kurzer Ausflug in seine Vergangenheit sein würde, die gleichzeitig seine Zukunft bedeutete, aber er war unbeschreiblich glücklich.

Er schwang sich auf sein Pferd, Dana und er folgten nun den weißen Reitern, die schon beachtlich weit fort waren. Aber da beide sehr schnell ritten, holten sie das Heer ein und zogen an lachenden Gesichtern vorbei an die Spitze. David spürte die Freude der Reiter über sein Erscheinen und er fühlte, daß dieses sein Platz war, nun hatte auch er etwas, für das es sich lohnte, jede Mühe auf sich zu nehmen.

Marlengos sah den Reitern nach, er konnte ihren Weg am Horizont verfolgen, bis sie schließlich in die Dunkelheit einbogen und mit David verschwanden. Sie hinterließen einen feinen Nebel aus Licht, der sich langsam auflöste.

´ Er hat es so gewollt ´, dachte Marlengos und stand lange schweigend da, bis er in die Stille hinein sagte:

„Nein, ich habe es nicht vergessen. Ich bin schon auf dem Weg."

Die Zeit verging, wenn es überhaupt eine Zeit gab. Die Jahre flogen dahin und alles veränderte sich während David fort war, nichts blieb wie es war, nichts stand still. Und so hatte sich alles verändert, als David schließlich zu seinem Haus zurückkehrte. Auch er hatte sich verändert, er war sich selbst wieder ein Stückchen näher gekommen und konnte nicht mehr verstehen, warum er jemals seinen Weg verlassen hatte.

Entscheidungen

Niemand war mehr da, den er kannte. Er erfuhr von Marlengos, daß sogar sein Sohn hiergewesen war, aber er konnte nicht warten. Sein Sohn bedauerte, ihn nicht angetroffen zu haben, er hätte ihm gerne gesagt, wie leid ihm das Ganze tat. Seine Verachtung war nicht gerechtfertigt gewesen, es hätte auch anders gehen können. Auch David hätte ihn gerne gesehen, aber nun war er schon wieder fort, so wie seine Eltern auch, niemand war mehr da.

Bei den Reitern hatte er sich wohl gefühlt, dort war er zu Hause. Aber er erkannte auch, daß er noch nicht so weit war, um ganz bei ihnen bleiben zu können, denn sein Licht reichte noch nicht aus. Er brauchte noch den Schutz der Gruppe, aber sie konnten nicht immer zusammen auftreten, jeder für sich mußte stark genug sein.
David redete mit Marlengos nie darüber, was er alles erlebt hatte im Reich des Fürsten oder wo er sonst noch gewesen war. Er erzählte ihm nur, daß Dana dem Fürsten eine Botschaft überbracht habe, dieser furchtbar wütend darüber geworden sei, aber die Reiter durch sein Reich ziehen lassen mußte. David erfuhr von den Reitern, daß der Fürst über niemanden die absolute Macht hatte. Jeder konnte selbst die dunkelsten Länder verlassen, wenn er sich wirklich dem Licht zuwenden wollte, aber alle hatten einen schwachen Willen, wenn überhaupt ein Wille vorhanden war. Es gab keinen Lichtpfad in diesen Ländern, keine Möglichkeit sich zu orientieren und doch gab es einen Weg hinaus. Nämlich den Weg in ein irdisches Leben, um die Zukunft neu zu gestalten.

Irgendwann mußte David dann wieder zurück, um seinen Weg zu beenden und das bedeutete auch für ihn ein neues Leben zu wagen.

„Du hast dich also entschieden?" fragte Marlengos ihn eines Tages.

„Ja. Ich habe lange genug darüber nachgedacht."

„Wenn es soweit ist, wird man dich rufen", erklärte ihm Marlengos.

„Wer wird mich rufen?"

„Der Rat der Fünf. Wobei ich nicht sagen kann, wer das ist. Sie haben keinen Namen und keine Gesichter, ich weiß nicht einmal, ob es wirklich fünf sind."

„Und was will dieser Rat von mir?"

„Sie zeigen dir Möglichkeiten auf, die du gehen kannst. Sie wissen alles über dich, jede kleinste Station deiner Leben. Sie geben dir die Chance dein Leben mitzugestalten, jedenfalls dann, wenn die Seele eine gewisse Reife erlangt hat, um derartige Entscheidungen treffen zu können."

„Ich werde vorbereitet sein", erwiderte David.

„Hast du schon eine Vorstellung, wie dein Leben aussehen könnte?" wollte Marlengos wissen.

„Ja, ich glaube schon. Ich muß dort ansetzen, wo ich aufgehört habe. Die Zwietracht hat mich damals von meinem Weg abgebracht und sie durchzieht in ihren vielen Varianten meine Existenzen. Der Zweifel an anderen Menschen, an *Gott* und an mir selbst. Eifersucht und Selbstmitleid sind eine Folge davon, denke ich. Ich muß zur Eintracht zurück, um mit mir selbst und mit anderen wieder ins Reine kommen und alles, was ich entzweit habe, muß ich wieder vereinen, um Frieden mit mir selbst schließen zu können. Außerdem habe ich auf der falschen Seite gestanden, indem ich Gier, Angst und Haß geweckt habe, als ich mich von den Reitern des

Lichts abwandte. Ich muß mich diesen Gewalten stellen und sie mit Verzicht, Vertrauen und Liebe erfüllen."

„Das sind schwierige Aufgaben, an denen schon ganz andere zerbrochen sind!"

„Das weiß ich und ich muß damit rechnen, daß ich es nicht in einem einzigen Leben schaffe. Aber ich werde es versuchen und es wird mir irgendwann gelingen. Ich habe alle Zeit der Welt, aber ich werde mich beeilen."

„Du willst zu den Reitern zurück?"

„Ja, obwohl ich inzwischen weiß, daß auch das nur ein Teil der Wahrheit ist, so wie die Reiter des Lichts nicht nur Reiter sind. Auch sie waren einmal freie Wesen in einer freien Welt, ohne Kampf . Und jeder will zu diesem Zustand zurück, aber solange es die Reiter des Lichts geben muß, werde ich zu ihnen gehören und an ihrer Seite sein. So wie du deinen Platz hast, Tassilo seinen und jedes andere Wesen seinen festen Platz im Gefüge des Seins, den sie verlassen haben und auf dem sie gebraucht werden. Ich werde es schaffen!"

„Du hast dir den richtigen Zeitpunkt ausgesucht. Die Zwietracht ist groß geworden auf Erden, die Gier, die Angst und der Haß auch. Aber auch das Licht ist stark geworden, die Gegensätze waren selten größer als jetzt. Du wirst in eine unruhige Zeit geboren, in eine Zeit des Umdenkens und des Neuen. Viele Menschen suchen wieder einen Gott. Sie suchen den Sinn des Lebens, aber wo viel Licht ist, wird viel Schatten sein. Du wirst viele Entscheidungen treffen müssen, dir werden viele Wege angeboten und die Auswahl wird schwer werden, denn die Masken der Finsternis sind vielfältig."

„Ich weiß, ich habe bewußt diesen Zeitpunkt gewählt. Es trifft genau das, was ich suche, genau die Art Leben, in dem ich mir beweisen kann, daß ich den Weg des Lichts zu gehen vermag."

Es dauerte tatsächlich nicht mehr lange, da hörte David eine Stimme, die ihn rief. Er folgte ihr, so wie damals Mary dieser Stimme gefolgt war. Auch ihm tat sich ein Weg auf, der nur für ihn allein bestimmt war.

Am Ende des Weges gelangte er in einen großen Saal, Säulen begrenzten einen schmalen Weg, der zu einem Altar führte. Hinter dem Altar saß offensichtlich der Rat der Fünf, aber David konnte sie nicht erkennen, zu hell war ihr Licht. Die Fünf waren warmherzig und gütig, sie wußten alles von ihm. Er brauchte ihnen nichts zu erklären, denn sie kannten seine Ziele und seine Probleme.

Sie stellten ihm seine künftige Familie vor und er durfte ihr Leben einen Augenblick beobachten. Er sah, wie alle sich auf ihn vorbereiteten und er erkannte sie alle wieder. Seine Eltern, die nun seine Geschwister sein würden. Mary, die ihm eine gute Mutter sein wollte und sein Sohn würde ihm als Vater zur Seite gestellt sein. David lächelte, alle würden sie wieder zusammen sein, wenn auch in anderer Zusammensetzung, als er es vermutet hatte. Aber sie hatten eben auch ihr Schicksal zu erfüllen und es gab Gründe für diese Wahl.

David wurde nun gefragt, ob er sich vorstellen könnte, in diese Familie hineingeboren zu werden. Mit Freuden stimmte er diesem Vorschlag zu. Jetzt, wo sein persönliches Umfeld festgelegt war, konnten ihm die Fünf vier Schicksalswege anbieten.

Vor David auf dem Altar befanden sich vier Gegenstände unter denen er wählen sollte. Es waren Symbole und seine Bedeutung kannte er nicht, denn er sollte eine Entscheidung treffen, die nur vom Gefühl bestimmt war.

Vor ihm befanden sich ein Schwert, ein Stab, ein Kelch und eine brennende Kerze.

David berührte das Schwert und für einen Moment sah er sich schwer kämpfend durchs Leben ziehen. Es war ein lauter Kampf, der Weg eines Herrschers vielleicht, aber nicht seiner.

Und so berührte er den Stab. Er sah ein kleines Leben, harmlos und unbedeutend und für jemanden geeignet, der kleinere Probleme bewältigen mußte, aber nicht geeignet für Davids Ziele.

Als er nach dem Kelch griff, durchfuhr ihn alles Leid der Welt. Ein Jammertal würde ihn erwarten, um Demut und Verzicht zu lernen, aber es genügte David nicht.

Also griff er nach der brennenden Kerze und wählte damit einen Weg des Lichts. Nachdem auch der Zeitpunkt der Geburt festgelegt war, durfte David gehen. Er ging denselben Weg zurück, den er gekommen war, aber der Weg endetet plötzlich auf dem Spielplatz und er stand wieder vor dem Tor, welches sich bereitwillig öffnete.

Ohne zu zögern ging er hindurch, und fand sich auf einer schönen Wiese wieder. Nun hatte er die Wahl zwischen den sieben möglichen Wegen.

Auch Marlengos befand sich auf der Wiese und kam ihm entgegen.

„Ich wußte, daß ich dich hier treffen würde, David!"

„Da wußtest du wieder einmal mehr als ich. Aber es freut mich sehr, daß ich mich doch noch von dir verabschieden kann, Marlengos. Ich hoffe wir sehen uns wieder, wenn die Zeit gekommen ist."

„Ja, das werden wir. Du hast dich für einen Weg entschieden, David?"

„Ja! Und du weißt sicher, welcher es ist." Marlengos lachte wieder einmal in der ihm eigenen Art und Weise, die die Erde erbeben ließ.

„Ich fürchte ja", antwortete Marlengos. „Ich möchte dir noch etwas sagen, bevor du gehst. Wir, damit meine ich Dana, Tassilo und mich, werden immer für dich da sein, wenn du Hilfe brauchst. Achte deshalb immer auf deine Träume und auf kleine Hinweise, die dir das Schicksal in den Weg legt. Lerne die Zeichen zu lesen, die dich auf deinem Weg führen und beachte die kleinen und großen Wunder neben dir. Es gibt viele davon. Gehe immer der Sonne entgegen, dann muß der Schatten hinter dir bleiben, so wie es sein soll. Er ist untrennbar mit dir verbunden, aber niemals kann er dich dann einholen. Läufst du aber vor der Sonne davon, wird der Schatten dich leiten. Nun mach es gut mein Freund."

„Ich danke dir", sagte David. „Wir sehen uns wieder."

Damit verließ er Marlengos und trat vor das von weißem Licht erleuchtete Tor. Noch einmal drehte er sich zu Marlengos um und lächelte. Schließlich trat er unter den Torbogen und fühlte das Licht in sich hineinfließen.

Für einen Moment kam ihm der Gedanke sich umzudrehen, um es sich noch einmal zu überlegen... was wollte er sich überlegen? Irgend etwas blockierte seine Erinnerung. Dana...Marlengos...Tassilo, gab es sie wirklich oder waren sie ein Produkt seiner Phantasie? Er würde alles vergessen... was würde er vergessen? Er konnte sich nicht erinnern. Er war ertrunken oder etwa nicht? Was wollte er hier unter dem Licht, stand er hier nicht schon eine Ewigkeit?

´ Geradeaus muß ich gehen, immer geradeaus, einen Fuß vor den anderen, nur einen Schritt nach vorn...´

Einen Augenblick später hörte Marlengos den Schrei eines neugeborenen Babys in einer anderen Welt
- einen Schrei der Hoffnung -